新世纪保健图文传真

初为父母18个月

（英）安妮·叶兰 著

吴佩文 译 张声 校

福建科学技术出版社

著作权合同登记号：图字13-2000-42

A Marshall Edition

Copyright © 1999 Marshall Editions Developments Ltd,London,UK.
原书名：Your Baby's First 18 Months
本书中文简体字版由英国Marshall公司授权福建科学技术出版社
独家翻译、出版，在中华人民共和国境内发行

图书在版编目(CIP)数据

初为父母18个月 ／（英）叶兰著；吴佩文译. —福州：
福建科学技术出版社，2001.9
（新世纪保健图文传真）
ISBN 7-5335-1788-1

I.初… II.①叶… ②吴… III.婴幼儿－哺育－基本知识 IV.R174

中国版本图书馆CIP数据核字(2001)第18587号

书　　名	**初为父母18个月**	
	新世纪保健图文传真	
作　　者	（英）安妮·叶兰	
译　　者	吴佩文　张声(校)	
出版发行	福建科学技术出版社(福州市东水路76号，邮编350001)	
	www.fjstp.com	
经　　销	各地新华书店	
印　　刷	深圳中华商务联合印刷有限公司	
开　　本	889毫米 x 1194毫米　1/32	
印　　张	3.5	
字　　数	115千字	
版　　次	2001年9月第1版	
印　　次	2001年9月第1次印刷	
印　　数	1—10 000	
书　　号	ISBN 7-5335-1788-1/R·364	
定　　价	20.00元	

目录

1 照看你的宝宝

你的新生宝宝 6
宝宝回家 8
怎样抱你的宝宝 10
给宝宝穿衣 12
给宝宝做卫生 14
给宝宝洗澡 18
选择什么样的尿布 20
换尿布 22
睡觉 24
睡眠问题 26
哭闹 28
照顾宝宝 30
选择照顾宝宝的人 32

2 宝宝的喂养

母乳喂养 34
人工喂养 36
打嗝 38
添加固体食物 40
给宝宝喂食 42
出牙期 44
外出用餐 46

3 你的宝宝怎样成长

身体发育 48
感官的发育 50
游戏和社交技能 52
行为问题 54
宝宝的玩具 56
体育游戏 58
有代表性的一天 60

4 保证宝宝的安全

起居室的安全性　62

厨房和浴室的安全性　64

花园的安全性　66

小汽车的安全性　68

婴儿车和背带　70

摇篮的安全性　72

玩具的安全性　74

陌生人的危险性　76

5 照顾生病的宝宝

量体温　78

给药　80

常见疾病　82

消化道疾病　84

眼和耳的疾病　86

皮肤病　88

变态反应　90

哮喘　91

发热　92

免疫　94

接种记录　96

6 宝宝的急救

心肺复苏　98

异物　100

咬伤和刺蜇　101

出血　102

哽塞　103

惊厥　104

休克　104

烧伤　105

骨折和扭伤　106

淹溺　108

窒息　108

中毒　109

急救用品　110

有用的电话号码　111

照看你的宝宝

在一个大家庭里，特别是对于女孩，帮忙照看弟弟妹妹是很常见的事，但现在很多年轻的父母并未花许多时间来照看宝宝，甚至还没有连续照料过一个宝宝。可是照看宝宝总是需要经验。为宝宝换尿布或洗澡没有一成不变的方法，只要适合于你和你的宝宝就行。母亲所使用的方法可能与父亲不同，但可能都是正确的。需要记住的两个要点是：宝宝需要细心照料，但他们并不像看上去那么脆弱，并且他们不知道你们以前从未做过这样的事！

1

你的新生宝宝

当你盯着你的宝宝，试图找出与家人的相似之处时，医生们正进行一系列观察以评估宝宝的总体健康状况。这些观察包括：皮肤颜色（是否红润或青紫，手指或脚趾是否发青，或全身是否仍然青紫）；脉搏（是超过100，还是在100以下，或是无法分辨）；皱眉，即对刺激的反应（是否会哭，皱眉，或者什么都不会）；活力，即肌张力（手臂和腿是否活动有力，是屈曲的，还是松弛的）；呼吸（是否有力，或是弱而不规则，还是没有呼吸）。每一项得分是2分，1分或0分；出生后5分钟的阿普伽（APGAR）新生儿评分达到7分者属良好；小于4分则需要立即抢救。

皮肤

皮肤仍会有胎脂的痕迹，呈白色、奶油状物，这些在子宫内是覆盖在皮肤上的。皮肤可能还有纤细、绒毛状的胎毛。一些新生儿（通常是比较大的新生儿）全身"布满"厚厚的皮肤；而另一些新生儿的皮肤则充满皱纹；有些新生儿的皮肤上有斑点。出生后头几周，干燥、薄而易脱的皮肤相当常见

头和脸

婴儿的头占身体长度的四分之一，这看起来似乎有点畸形。婴儿面颊丰满，鼻子扁平，下巴后缩。双眼睁大而充满警觉，或者时开时闭

手和脚

手脚微带淡紫色可能会长达一个小时或更长时间，直到宝宝的呼吸和血循环稳定后才会消失。脚会向内转，手会屈起呈握拳状

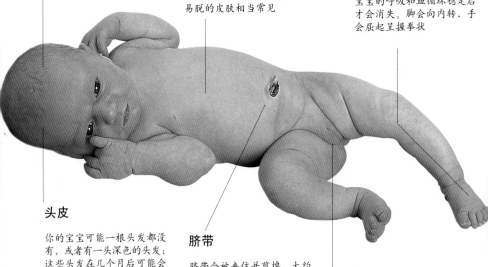

头皮

你的宝宝可能一根头发都没有，或者有一头深色的头发；这些头发在几个月后可能会完全脱落。在宝宝头部中心你会触到一个柔软的区域，这就是囟门，有时可能发现它会搏动

脐带

脐带会被夹住并剪掉。大约一周后残根会脱落

生殖器

睾丸或外阴部肿胀，生殖器显得不成比例的大

1

反射

反射是一种对特殊刺激的不自主反应。对于新生宝宝来说，最重要的反射是觅食（寻找你的乳头）和吸吮反射。在你出院之前必须检查她的所有反射，宝宝在生后6个月以前大多数反射都会消失。

踏步反射

如果你把手撑在宝宝的胳膊下，让她的脚落在坚实平坦的地面上，她会抬起一只脚，然后再抬起另一只，好像踏步一样。

握持反射

当你的手指或其他东西触及宝宝的手心时，他们会蜷曲手指并握住；当你轻划他们的脚掌时，脚趾也会蜷曲。他们的握力很大。

拥抱反射

也叫Moro反射，这是你的宝宝对突发的噪声或惊吓所做出的反应。表现为两臂外展伸直，继而弓背屈腿，呈拥抱状。

胎记

■鹳记是在眉间的粉红色的小斑块，横跨过鼻根部或在颈背部。出生后几年这种鹳记常会褪色。

■草莓状痣呈红色突起，可以有婴儿拳头那么大。由于它们通常在6、7岁时会消失，故多数医生不建议进行治疗，除非是长在特殊的部位——比如眼周。

■葡萄酒样痣略带紫色，常呈扁平状，一般认为是永久存在的。儿童期可以化妆加以掩饰，12岁左右可以用激光治疗。

■咖啡牛乳样斑是皮肤上平坦的褐色斑块。它们永久存在，但大小不会随着宝宝的长大而增大。

■蒙古斑是下背部或臀部的蓝黑色斑块，较常见于黑人和黄种人的婴儿。蒙古斑会随着孩子的长大而褪色，但不会完全消失。

1

宝宝回家

　　回家后的头几天既兴奋又紧张，因此在回家的前几周你就要尽量准备好所需的基本物品，这是很有必要的。但是在没有检查家人或朋友送的，他们曾经用过的东西之前，不要匆忙购买大量的物品。宝宝们穿过的衣服很少会用旧，所以他们给你的东西几乎都是新的。婴儿床大约只被用了6个月，毫无疑问可以接下来用，其他东西也一样。把宝宝从医院带回家时，汽车的座位要适合你宝宝的大小和体重（见第68－69页），这很重要。如果是个阳光灿烂的日子，最好要把车窗遮住。如果住院时你没有带宝宝的衣服，你的爱人就应该把宝宝的汗衫、连裤装、开襟羊毛衫和一顶帽子带来。

宝宝衣服的最少需要量

- ■5套连裤装
- ■5件汗衫或紧身套衫
- ■3件开襟羊毛衫或短上衣和一条围巾
- ■帽子：冬季保暖，夏季遮阳
- ■冬季还需要防雪装

　　选择式样简单的衣服，以便于换尿布。确保每一件衣服都可以机洗，不褪色，而且可以放进滚筒烘衣机烘干（详见衣物选择，第13页）。

宝宝清洁卫生的准备

- ■两条柔软的毛巾，有无头巾都可
- ■两条柔软的面巾
- ■梳子或软发刷
- ■婴儿用指甲剪（剪子前端圆弧形，以免挫伤）
- ■尿布（见第20－23页）
- ■药棉球
- ■护肤脂

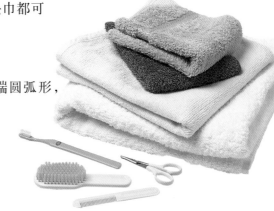

1

喂奶的准备

■两个乳罩
■乳房垫
　　如果用人工喂养则应准备
■6个带有奶嘴的奶瓶
■瓶刷
■消毒器

睡眠的准备

■婴儿床，配上新的安全合格的床垫
■两张防水床单
■4床被褥
■两条毛毯
■鸭绒被

外出的准备

■婴儿车
■4床被褥
■两条毛毯
■汽车座位
■婴儿背带（如果你常坐公共汽车则特别有用）

其他有用的东西

■换洗的毯子
■婴儿浴盆（尽管你可以把宝宝放进你的浴盆里洗澡）
■换用的袋子
■座椅（可以用对折的汽车座椅，或者用可以让你的宝宝轻轻摇动的椅子）
■旧毛巾或特别的布料作尿布

宝宝和宠物

在宝宝回家前为宠物做好准备。

■如果宠物睡在你的房间或床上，要让它出去。

■使宝宝的房间成为宠物的免进区。

■检查你的宠物，清除跳蚤、传染病和小虫。

■买一张网罩罩住宝宝的床。

■如果可能，让宠物远离宝宝。

关心你的大孩子

大孩子可能对新来的成员会有复杂的感情。但你可以有许多方法让他们的关系有良好的开端。
■试着安排大孩子去医院，这样你们可以一起回家。
■送一份宝宝的礼物给大孩子，同样的也从大孩子那儿拿一件小礼物送给宝宝。
■让来访者不要匆匆去看宝宝，而是像往常那样花一些时间与大孩子交谈。如果能让大孩子带着来访者去看宝宝是最好的。
■如果许多礼物都是给宝宝的，试着让人带一些小礼物给大孩子（当了父母的人会自然而然地这样做，但你可能不得不提示那些还没有儿女的朋友）。如果宝宝的礼物太多，就拿一些起来，同时不要让你的孩子看到。
■当你的孩子结束托儿所或幼儿园的生活后，你要关注他们的感情变化：有的孩子在外时感到孤独；有的孩子感觉长大了，因为他们参与了其他的活动。
■抽空陪陪你的大孩子，尽量不要破坏他们的计划。记住宝宝的睡眠时间有多长，最大限度地利用这段时间来与你的大孩子相处。鼓励你的爱人抽出时间来陪孩子。

怎样抱你的宝宝

1

　　虽然大多数的宝宝比成年人想象的要强壮，但宝宝仍需要小心地抱着。而且，由于他们不能为自己做任何事，在他醒来的大部分时间里，他们都在被以这样或那样的方式抱着：喂奶、换尿布、清洁、洗澡、拥抱和安慰。做这些事的秘诀是要自信。当你抱起宝宝的时候，如果他发觉你的一丝犹豫，就会对以下要发生的事产生焦虑。被你稳稳地抱在臂弯里的宝宝会感到温暖而安全。当你抱着宝宝时，要温柔地对他说话，或发出声音让他感到安全。

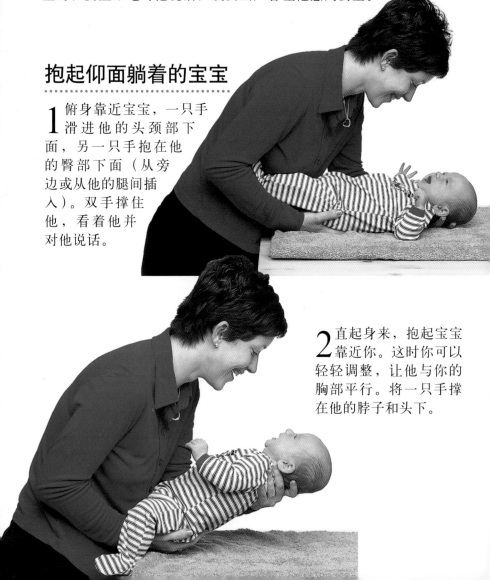

抱起仰面躺着的宝宝

1 俯身靠近宝宝，一只手滑进他的头颈部下面，另一只手抱在他的臀部下面（从旁边或从他的腿间插入）。双手撑住他，看着他并对他说话。

2 直起身来，抱起宝宝靠近你。这时你可以轻轻调整，让他与你的胸部平行。将一只手撑在他的脖子和头下。

3 当他稍低于你的胸部时，开始将他带近你的身体。将撑住他头的手移向他的背部，这样他的头就枕在你的前臂上。

4 移动你的支撑的手臂，直到宝宝偎依在你的臂弯处。如果你愿意可以双手连接，作为额外的支撑。早期的日子里，从你的脸到这个位置的宝宝的距离大约是你的宝宝可以注视的距离。

放下你的宝宝

■研究显示，让宝宝仰面躺着睡可以减少儿童摇篮猝死的危险，所以尽量要让你的宝宝仰面睡。用一只手撑住他的头和脖子，另一只手撑住臀部。慢慢地让他离开你的身子。

■轻轻转动他的身子，让他平行于你要让他躺下的地方，然后放下，臀部先着床。在放下的过程中你始终要撑着他的头部。让你的眼睛告诉他一切都是安全的。

■小心地把手从他的臀部抽出。当他舒服以后，再把手从他的头下抽出。动作要轻柔，不要把他的脸转到另一边。

抱孩子的其他方法

■一些宝宝喜欢被脸朝下抱着，头嵌在你的臂弯里，你的前臂撑着他的胸部。你的另一只手可以从两腿之间，撑着他的肚子。

■一旦你的宝宝颈部的肌肉强壮起来，可以控制他的头部时，你就可以让他坐在你的大腿上，这样他的视野就扩大了。两边大腿轮流坐着，你就不会腰酸背痛。

给宝宝穿衣

1

　　大多数的宝宝怕冷而且讨厌有东西在头上移动。因为他们还没有能力控制住手脚，手臂和腿总是毫无目的地摇摆，这就使你感到为宝宝穿衣是件很棘手的事。然而，吐奶和漏尿又使你必须经常给宝宝换衣服。尽管你的宝宝不习惯潮湿或难闻的气味，但你也不必对这些琐事过分担忧。如果你可以把脏东西擦掉，让宝宝继续穿着它，也行。

　　在你开始为宝宝穿衣时，先把准备好的衣服打开。让宝宝躺在平面上（如果不是地板，随时要留意他的安全）。

紧身套衫和连裤装

1 将套衫领尽量撑开。小心地把衣服背面放在宝宝的头下，将衣服前襟迅速套进脖子。抬起宝宝的头将套衫背面拉到他的肩膀。再将你的手伸进一只衣袖里，在另一只手的帮助下，把宝宝的手和臂拉出来。

2 同样地将另一只手臂拉出来，然后把衣服的前面拖到肚子上。托住他的脚踝将腿举起，将衣服背面拖下，扣紧跨部的扣子。

3 将宝宝放在连裤装上，小心地将他的一条腿伸进裤管，将脚套入脚套里；再穿另一条腿。

4 将你的手从袖口伸进衣袖，在另一只手的帮助下，拉出宝宝的手臂。再穿另一边。将衣服两边对齐，扣上扣子（通常从下面扣起会容易些）。

1

太热或太冷

■新生儿体温调节功能不完善，虽然很快会有所改善，而且当他们感到不舒服时会以哭闹的方式让你知道。在出生后的头几周你必须去判断宝宝是太热或是太冷，并采取相应的措施。总的来说，他要比你穿得多一些，因为他不像你那样不停地来回走动。

■如果他看上去脸很红，或者摸起来很热(摸他的脖子)，他可能是太热了。如果他看起来很苍白或在昏睡，或者摸起来很冷(脖子一样是触摸的好地方——冷风可能会使他的脸很凉，但身体的其他部位却应该是正常的)，他就需要再加一件衣服。

■进屋时把在室外穿的外衣脱去（即使他在睡觉），以防过热。晚上，让他穿得和你单独睡觉时一样多。

选择衣服

■确保所选择的衣服是易穿易脱的，而且便于换尿布。不要穿那些在换尿布时要完全脱掉的衣服。

■汗衫可以代替紧身套衫，而且有些是从前面解开的，这就避免了套头的麻烦。但是汗衫穿着时会往上缩，这会很不舒服。在温暖的日子里，大多数的宝宝都只穿一件衣服，因此一件紧身套衫会比一件汗衫加尿布来得整洁。

■洗衣服避免用粉状洗衣粉，这会刺激宝宝的皮肤。把汗衫或连裤装的内面在你的脸上擦一擦，如果你觉得很粗糙，衣服就会刺激宝宝的皮肤。

■检查纽扣是否会刮到宝宝的皮肤：例如背部的拉链或扣子，太接近于下巴的扣子，等等。

■避免穿有拉带或花边的衣服，不然宝宝的小指头就会钩到。

给宝宝做卫生

1

　　没有必要每天都给宝宝洗澡。小宝宝不太喜欢经常洗澡，而且在他们开始会爬之前，并不会太容易脏。除了清洁生殖器之外（见第16－17页），在两次洗澡之间你所需要清洗的是暴露在外的你可以看见的地方：手、脸、脖子和脚。

　　准备一盆凉开水及棉绒，每个需要清洗的地方都要有单独的棉绒。用毛巾或干净的棉绒擦干皮肤。不要用肥皂，它会使宝宝的皮肤变得干燥，也不要用爽身粉，它会加重一些宝宝的呼吸道疾病。洗澡时要确保房间是暖和的。

擦洗宝宝的身体

1 将一块棉绒在凉开水中浸湿，从宝宝眼睛的内侧向外擦。如果还有一些干的粘液，就拿一块新的棉绒再擦一次。然后擦洗耳朵及耳背，但不要擦洗耳内。不要将任何东西插进宝宝的耳朵。

2 擦去鼻子上的粘液（把你能看见的擦掉，但不要将棉绒伸进鼻孔），然后擦去嘴边的奶渍和口水。擦净面颊和前额。

3 清洁脖子，轻轻擦洗褶皱处，并确保擦干。如果没有彻底擦干，这儿可能很快会长疮。清洁完脖子后擦洗腋下。

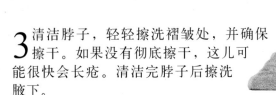

剪手指甲和脚趾甲

■使用儿童指甲剪（这种剪子的顶端是圆的）或指甲刀（如果你习惯用它）。当你的宝宝还小的时候，在洗澡后指甲会变软，剪起来常更容易些。剪指甲时可以把他放在垫子上，用玩具转移他的注意力，也可在他睡着的时候剪。

■剪手指甲时要沿着指甲的弧度剪（轻轻地将皮肤与指甲分开可以使你看得更清楚）；剪脚趾甲（脚趾甲比手指甲长得慢，而且较少去抓东西）可以直着剪。

■你会发现在洗澡后很容易咬下宝宝的手指甲，尤其是你担心用剪刀剪会误伤时可以这样做。

■你不是第一个——而且也不会是最后一个——意外地伤害到宝宝的手指或脚趾的父母。若发生这样的事，用棉纸轻轻擦去伤口的血，搂抱着他。这事很快就会过去的，不必大惊小怪。

■等你的宝宝长大一些时，你会发现让他坐在你的膝上剪指甲会更容易些。

■如果你的宝宝常抓伤自己的脸，或者他的皮肤干燥易剥脱，且易受指甲的侵扰，可以为他买一双柔软的棉手套，这样当他挥动手臂时就不会伤到自己。

4 伸直他的手指，擦净手掌，再擦手背。给他洗脚。当你给他清洗手和脚时，要检查他的指甲。因为宝宝不能控制自己的动作，如果他的指甲太长，很容易抓伤自己。

给宝宝做卫生（续）

1

宝宝的身体有三处特别需要注意清洁以防止感染，即脐带残端、包皮环切处（如果有的话）及尿布区。比起其他任何部位，你可能要用比较多的时间来清洁宝宝的生殖器。即使你每天都为他洗澡，他的生殖器也需要更多额外的清洁。

要记住以下两个要点：对于女孩，不要试图清洁阴户内；对于男孩，不要缩回包皮。

你要准备一盆凉开水和充足的棉绒——每个地方都要用新的（当你的宝宝稍稍长大一点，你可以用湿巾清洁，但这对于新生宝宝娇嫩的皮肤来说，湿巾太粗糙了）。在开始擦洗前应先洗净并擦干你自己的手。

清洁脐带

宝宝脐带的残根大约在出生后一周会萎缩并脱落。在脱落前，脐带残根要保持干燥。如果暴露在空气中，残根会愈合得更快，所以不要用布或塑料罩上，而且如果湿了要彻底弄干。如果残根流脓或流血，或者它的周围出现红肿，要去看医生，因为这可能表示发生感染了。

保持干燥

用棉绒蘸点粉轻拍在残根处会加快其干燥和萎缩。

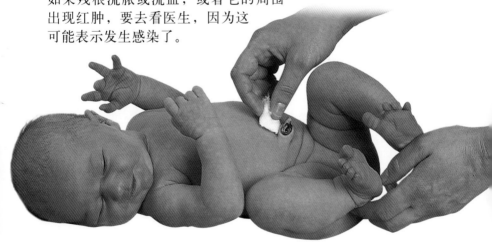

清洁

在你出院前，医生可能会给你一瓶洗液来清洁残根，或你的助产士会向你建议清洁的方法。用一块棉绒擦净残根的周围，然后用干净的干棉绒拍干。

常规护理

一旦残根脱落，每天都要用棉绒蘸凉开水擦洗，并彻底擦干。

清洁宝宝的臀部

1 小心打开尿布，如果臀部较脏，先用尿布尽量擦净。

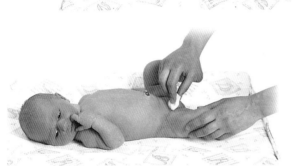

2 用一块湿棉绒擦洗宝宝的肚子，然后用第二块棉绒擦洗腹股沟处的褶皱（将腿拉直以利操作），并往下擦洗到大腿。要彻底擦干。

3 擦洗男孩时，向下擦洗男孩的阴茎，要向远离身体的方向擦洗，然后清洁阴囊周围。擦洗女孩时，用一只手抓住女孩的脚踝，抬起她的屁股暴露出阴部，然后从前向后轻轻擦洗（这样可以减少从肛门到阴道的感染的危险）。用新的棉绒清洁肛门，如有必要再清洁大腿的背面及下背部。

包皮环切

由于宗教或文化的原因，一些父母将他们宝宝的包皮切除（很少有医学上的原因对新生儿做包皮环切）。手术伤口常在一周后愈合，但如果宝宝的阴茎变红肿，摸起来很热，或者如果包皮环切处开始有液体渗出就要去找医生。

所有这些症状都提示伤口可能发生了感染。

如果你的宝宝做了包皮环切，医生会建议你在伤口完全愈合前不要给他洗澡。每次换尿布时，要盖上涂有凡士林的纱布以免伤口接触到尿液。

给宝宝洗澡

1

在最初几周里，你和你的宝宝在洗澡时会有一些复杂的心情。他可能不喜欢衣服被脱掉，而你可能会为如何给这个小小的、光溜溜的宝宝洗澡而担心。一些第一次当爸爸妈妈的人甚至觉得很难找到给宝宝洗澡的时间：他不是在睡觉，吃奶，就是刚被喂饱。没有必要每天都给宝宝洗澡，而头发每周洗一次通常就足够了。一开始时你可以就在家里人用的浴盆里给宝宝洗澡，这会使你在俯身时觉得腰酸背痛，而跪在地上将手伸进浴盆时又会觉得抓不牢宝宝。你可以和他一起在浴盆里洗，但要保证水温适合于他，而不是你。

准备一条大的软浴巾，往浴盆里加水，并加一些婴儿用的沐浴露。用你的肘部或用温度计试试水温——30℃左右刚刚好。

选用轻便的浴盆

轻便的浴盆可以让你选择合适的地方给宝宝洗澡——厨房的餐桌如果很稳而且足够大，可以摆下你需要的任何东西，而宝宝的房间可能会更暖和些。

1 脱掉宝宝的衣服，一只手托住他的头，另一只手托住臀部，将他放入澡盆。一只手扶住他，从澡盆中舀出水将他的头皮全部弄湿。宝宝的头用不着刷洗（给新生宝宝洗头：当他还裹在浴巾中时就给他洗头，在洗身子前用毛巾擦干头发。这样可以防止头部热量丧失过多）。

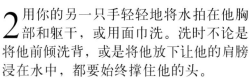

2 用你的另一只手轻轻地将水拍在他胸部和躯干，或用面巾洗。洗时不论是将他前倾洗背，或是将他放下让他的肩膀浸在水中，都要始终撑住他的头。

3 当你给他洗澡时要和他说话并微笑地面对他。如果你轻轻地泼水，他会逐渐喜欢上洗澡，喜欢身体上这种不同的感觉。不要将水溅在他的脸上。在洗他的臀部和腿部时，如果他高兴，就让他蹬蹬腿，否则就缩短洗澡时间。

4 将你的手滑到他的臀下，轻轻把他抱到浴巾上。把他裹起来，抱紧他，然后轻轻拍干（不要擦）。等他身上一干，就为他换上干净的尿布，给他穿上衣服。

洗澡安全事项

■ 加水时，先往浴盆里加冷水，再加热水。塑料浴盆会吸热，甚至当水凉了以后它可能还是热的。

■ 始终要扶着宝宝。即使当他可以安心地坐着，仍要留一只手在他身边。

■ 不要让宝宝单独待在浴室，一秒钟也不行。打开电话应答机，让门铃去响，不要理会它。不要在其他孩子在周围时给他洗澡。

■ 如果你宝宝的浴盆有个平台，你要确保它在水平面上。在你试图让宝宝站在上面之前，要检查它是否会摇晃。

■ 浴盆底下放一块橡胶垫或泡沫塑料垫可以防滑。

1

选择什么样的尿布

大多数父母亲都会选择既舒适、方便又便宜的尿布，但也要考虑到对你来说可能也很重要的生态学上的问题（见下页）。因为在宝宝学会用便盆之前，你或你的爱人或保姆可能要为宝宝换大约4000次尿布，所以仔细考虑并做出正确的选择是很有意义的。

有三种基本的选择。你可以用一次性的，这是最流行的选择。它是由纸浆制成，可供从早产儿到25kg的宝宝使用。传统的毛巾布是用棉布做的，使用时要清洗并晾干。一些地区有提供洗尿布的服务。每周送来一堆干净的尿布和一个箱子，同时把一周的脏尿布装在箱子里带走，这样有利于生态环境，而且把父母亲从洗尿布的家务杂事中解放出来。可重复使用的尿布是加工成形的——像一次性尿布，但是用棉做的，从理论上说是结合了两者的优点。一些父母亲多数时间选择可重复使用的尿布或毛巾尿布，但在度假或外出时改用一次性的尿布。

折尿布

现在一些毛巾尿布都是事先折好的，但如果你所用的尿布没有折好，你可以折成风筝样的，这是最简单和最方便的折法。这种折法可适用于男孩或女孩。

1 将尿布放置在平面上，对折形成一个斜角。

2 顶端往下折到中间。

3 将底端往中间折。调整尺寸大小使之适合你的宝宝。让宝宝躺在尿布上，顶端折线对着他的腰，较窄的一边从他的腿间往上盖。用安全的别针别住两边。

1

一次性尿布的优缺点

优点

■方便：不用洗或晾干。

■初期开销不大。

■不需要其他附件如塑料罩或别针。

■出门时方便。

■许多是超薄型的，因此衣服容易穿，而且看上去较整齐。

■有不同的大小型号，使你总能选择到合适的尿布。

缺点

■你可能要试几种不同的牌子才能找到你所中意的。

■价格较贵。

■一次性尿布用毕一般与生活垃圾一起丢掉，在大部分地区被送到垃圾掩埋地点。这对环境可能造成影响。

■可能造成资源浪费。

毛巾尿布的优缺点

优点

■有利于环保，即使考虑到清洗和烘干对环境的影响。

■经济，因为可以传给其他孩子用。

■比一次性尿布柔软。

缺点

■初期开支大（至少需要24条）。

■至少每隔一天要消毒、清洗并烘干一批尿布。

■需要购买尿布衬垫、安全别针和塑料罩。塑料罩不透气，在温暖、潮湿的条件下宝宝易长尿布疹。

■体积大，不论是存放还是穿戴都不便。

■对于新生宝宝来说很难有合适的大小。

成形的可重复使用的尿布的优缺点

优点

■有利于环境。

■比毛巾尿布体积小。

■不用折，而且因为它们常有尼龙搭扣固定，你就不必担心别针扎到宝宝的皮肤。

■可以传给其他孩子用。

缺点

■价格贵，初期开支大（至少要15条）；要试用不同的牌子才能找到合适的，这也增加了开支。

■吸水性最差。

■需要消毒、清洗和烘干。

■需要购买尿布衬垫和塑料罩（这就使宝宝易长尿布疹）。

换尿布

1

在宝宝出生后的最初几周里，你可能在24小时里至少要给宝宝换6次尿布（也许要换10次）。没有必要只湿一点就换掉尿布。除非尿布非常湿或很脏，否则在晚上喂奶时也没有必要换尿布。但是如果尿布较脏或者在每次喂奶前后看到尿布脏就要进行更换。换尿布时在宝宝的生殖器和尿布之间要留一点空隙，这是预防刺激和尿布疹的最好方法。

不要嫌换尿布烦人：在换尿布时，在上方挂一串风铃，以吸引宝宝的注意力，并且换时你还可以对他说话。

穿上一次性尿布

1 洗净擦干你的手，然后打开尿布。如果你的宝宝躺在一个较高的平面上，你的一只手要始终扶着她。一只手抓住宝宝的脚踝，抬起她的臀部，将尿布滑到她的臀部下方。

2 放下她的腿，然后把尿布从她的腿间往上盖到她的腰部。若是男孩，应将其阴茎朝向下方，以免尿湿他的肚子。

3 将宝宝肚子上的尿布抚平。将宝宝身后尿布的一侧拉到腰部中间，剥开胶带粘住。另一侧照此处理。保证尿布贴身而不会过紧。如果宝宝臀部有涂护肤脂，在接触胶带前要擦手：胶带若粘上护肤脂就不粘了。

1

处理布尿布

■你要准备两个桶，一个装湿尿布，一个装污染的脏尿布（要用不同颜色的桶以免混淆）。尿布要浸泡在消毒液中至少6个小时。在清洗时要戴上橡胶手套或用钳子。

■将湿尿布放在水龙头下冲洗，拧干后放在消毒液中。消毒后，在热水中漂洗——手洗或洗衣机洗均可——然后烘干。

■污染的尿布应先在卫生间冲洗干净，然后浸在消毒液中。消毒后，在热水中漂洗两遍，洗去所有的消毒液和清洁剂，最后烘干。

■塑料罩在温水中加洗涤液洗。如果塑料变僵硬，可低温烘干。

脱去一次性尿布

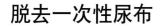

1 剥开两边的胶带。看看尿布脏不脏，如果脏了，就用纸尿布尽量把脏东西擦去。将尿布拉出来，并按第16－17页描述的那样清洁宝宝的臀部。

训练宝宝使用厕所的习惯

　　父母们通常相信，在宝宝1岁前让他们坐在便盆上可以加快训练使用厕所的习惯。但是，孩子们至少要到18个月大时肌肉才能支配括约肌以控制排便。

　　在这个年龄前试图让孩子使用便盆实际上可能会因为孩子由此产生焦虑而延缓这个过程。可以等到孩子表现出以下征象时再让他学习使用便盆：

■他知道自己已经或者快要尿湿或弄脏尿布。

■他尿湿尿布的间隔达几个小时。

■他可以很熟练地将裤子穿上或脱下。

2 卷起尿布，重新粘起来，扔进垃圾袋中。用大袋子装半打尿布比每次都用新的袋子更有利于环保。

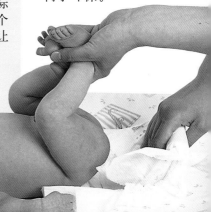

睡觉

1

　　首先，你应知道你的宝宝随时想睡都会睡着，而且他想睡多久就会睡多久。他可能在吃奶时或刚吃完奶时就睡着，或刚才还很清醒，对周围的事物很感兴趣，随即马上就睡着了。他只有在饿了、冷了（如果他在深睡时，可能不会醒）、不舒服或疼痛时才会醒来。你几乎不可能影响他的睡眠：家里的噪音不会吵醒他，所以他睡着以后没有必要踮着脚尖走路。

　　大多数宝宝在一定时间内会学会辨认白天和晚上的区别，并开始在夜间长时间睡眠。你可以让他体会到白天打盹与晚上睡觉的不同，以尽快帮他形成这个过程。晚上，把宝宝抱到你规定的地方睡觉。不要让他在白天打盹的地方睡。为了让他体会晚上与白天的不同，可以在睡前为他洗澡，给他换上睡衣，或在卧室里最后一次喂他。在白天要保持活跃的气氛，夜间，当他醒来的时候，则要压低声调，这样他会明白夜间睡觉、白天玩耍的规律。

安排宝宝去睡觉

1 当你完成临睡前的惯例（最后一次喂奶，换尿布），抱着你的宝宝对他说"晚安"。

2 支撑住他的头，把他面朝上放下睡。这会显著减少摇篮猝死的危险。

3 为他盖上薄被：一层床单及一条或两条毯子。如果你有监听器，打开它，然后再离开房间。

4 你的宝宝可能会吵闹几分钟，但不要回到他身边除非他看起来真的难受。

噩梦

宝宝一岁前或者更大一些，很少会在夜里长时间醒着。除非他们饿了（这在6个月后也不常发生），他们才会醒来，但他们常常又自己睡着了。但当他进入学步期，一些宝宝会因为噩梦醒来。

对付噩梦的最好方法是尽快来到孩子身边，这样他们就不会长时间地躺在黑暗中恐惧或哭泣。如果你在他变得烦躁前到来，他就可以很快平静下来。

当然这并不能解决根本问题：是什么原因使你的宝宝如此焦虑或紧张而做了噩梦？如果你可以确定紧张的原因，并且为他减轻紧张，你就可以解决这个问题。

■是否是新来的宝宝造成的?

■他的习惯被打乱了吗?

■他是否生病了?

■你是否让他使用一些新的东西，如便盆，或取消了他所喜欢的，如临睡前喂奶?

当你的宝宝长大一点的时候，和他一起看书或给他讲故事可作为临睡前的一个惯例。在他的摇篮里放一个小玩具也是个好办法，这样如果他醒得早，他可以自己玩一会儿

宝宝应睡在哪里

■你的宝宝可以和你一起睡在你的床上、你床边的摇篮中或在他自己的房间里。只要你或你的爱人没有喝酒或服药（包括安眠药），而且你的床不是充水床垫（宝宝可能因此下陷太深而呼吸不畅），宝宝睡在你的床上会很安全。给宝宝少穿一些，这样他不会太热，或让他睡在你的床罩上面，给他盖轻的被褥。

■如果不是和宝宝睡在一张床上，那就睡在同一个房间里，这样，当他醒来的时候你可以很快反应过来。把他抱到你的床上喂奶或坐在旁边的椅子上喂奶。不要为了让他睡觉而给他喂奶，这会使他将喂奶与睡眠联系起来。

■如果你从一开始就想让他睡在他自己的房间里，用婴儿监视器是个好办法，这样如果他醒来，你可以马上知道并做出反应。

1

睡眠问题

　　许多睡眠问题根本就不是问题，它们的存在是由于大人们对于宝宝该睡多久有不切实际的想法。在头3个月里，你的宝宝也许只能连续睡4小时（如果他很小或早产，会比这更短）。在其后的3个月里，他可能会睡5小时。在后半年的一些时候，他可能会睡上一整夜。睡一整夜表明至少连续睡6小时而没有醒来。你不可能让他夜间不醒来（实际上，我们在夜里都会醒来，但我们会耐心地让自己再睡着，你正是要为宝宝培养这种能力），但总有一些你能够控制的原因。

为什么宝宝会醒来

■最常见的原因是因为饥饿，对此你毫无办法：小宝宝的胃很小。这在最初的几个月内会有改善，到他们大约6个月的时候，就很少会因为饥饿而醒来。

■宝宝在湿尿布上常常睡得很舒服（但如果他长了尿布疹，尿液可能会刺激他醒来哭闹），但是沾污的尿布却会弄醒他。尽可能既快又安静地给他换尿布，不要与他聊天、玩耍或把房间的灯开得太亮。

■他可能会太热或太冷。检查他的手和脚；如果摸上去很凉，再加一床毯子。如果他看上去脸很红，摸起来很热，就减少一床毯子。如果他踢掉毯子，冷醒了，就为他穿上暖和的连着脚的睡衣，不要动被子。

■他穿的衣服可能刺激他的皮肤。会接触到他皮肤的衣服和被褥要选择自然面料做的。洗涤时要使用温和的洗衣粉，并要漂洗两遍。轻微的湿疹在白天可能不会刺激宝宝，但在晚上却会让他难以忍受。

■房间内的有些东西可能会刺激他的鼻道，引起呼吸困难。最常见的是烟（任何人都不要在宝宝周围吸烟）、宠物（它们不允许进入宝宝的房间）、化妆品（不要在宝宝睡觉的房间用香水或擦粉）、灰尘（经常清洗柔软的玩具；定期使用吸尘器；用湿布擦净布满灰尘的表面）。

■房间可能太亮。早晨醒得早的宝宝在亮的房间里会以为是玩耍的时间到了。宝宝的房间应使用遮光窗帘，而不是普通窗帘，至少夏天应该如此。

■他可能得病了。如果你的宝宝从未睡过好觉，或曾经睡得很好，却突然不行了，就要考虑到这一点。向医生咨询他是否有疾病征象如发烧，或啼哭不止，且安慰不起作用（这可能由于耳朵感染，详见第86－87页）。

1

你和你爱人性生活的变化

对于一些初次成为父母的人，恢复性关系是摆在次要的地位，这有很多原因。但这些原因中没有一条是不能解决的，而且大多数想重新开始做爱的夫妻总会有办法。

■照料宝宝所要付出的精力可能使你过于疲劳而失去性欲。如果是这样，可以请一个可靠的人照顾宝宝1或2小时，让你得到一些休息。要分清事情的轻重缓急：如果做爱很重要，其他的家务事就等一些时间再做。

■哺乳的情感付出及哺乳期激素水平的变化可能降低性欲。如果你不想做爱，不要勉强，可以用其他的方式增进夫妻感情。

■阴道口缝合及淤伤可能使你害怕性交痛；而且哺乳减少了阴道分泌物，使之比正常干燥。采用女上位等体位不对会阴部加压，而且你可以控制插入的深度。若感觉干燥，还可以使用润滑剂如K-Y软膏或让医生开一支雌激素软膏。

■与宝宝睡在同一间房间里或甚至在同一张床上可能会抑制你的性欲。试着在另一个房间里做爱，或在白天或晚上当你的宝宝在其他地方小睡时做爱。

■性刺激可能引起你的乳房溢奶，这可能使你困窘。试着在喂奶后做爱（这也使你少受干扰）。还要避免使乳房受压的体位，这也会引起疼痛。

■你可能担心再次怀孕。要采用可靠的方法避孕，你可能在来月经前受孕。哺乳可抑制排卵，但多数妇女由于哺乳次数不够而不能靠这种方法避孕。男性避孕套，加上特殊润滑油，可能是你的子宫恢复到正常大小（大约6周后）前的最好办法。到那时，你可以重新使用子宫帽或放入子宫节育器。如果你在哺乳期，那么就不适合吃避孕药；使用女性避孕套可能会使你不舒服。

平均睡眠模式

所有宝宝都不相同：有的从一开始就睡得很好，有的很快就进入这个模式，还有的根本不按这个模式。这些图表可使你了解宝宝在1岁半之前需要多少睡眠。

睡着的

醒着的

1个月

6个月

18个月

1

哭闹

　　你的宝宝会哭，因为这是他告诉你哪儿不对劲的惟一方式。很快你就能够从哭声中区别他是饥饿，或是沮丧，但是在最初的几周里，要做出判断是很困难的。当你的宝宝哭的时候，你要做的第一件事——也是最重要的事——是走近他。如果让他哭厉害了，你就更难判断他的哭声，而他也会变得更加委屈以至于忘记是什么地方难受了。有时候你怎么做都无济于事，不要因此而不去理他：研究发现，那些父母亲对哭声作出迅速反应的宝宝在他们的学步期哭得较少。

抚慰哭泣的宝宝

　　如果你不明白宝宝伤心的确切原因，以下方案可能有助于让宝宝安静下来。

1 有的宝宝喜欢你轻轻拍着他，这是因为有节奏的拍打使他的注意力从原来的问题中转移出来，或者是因为肚子上的压力使他们觉得舒服。让宝宝脸朝下躺在你的膝上，把他抱起来斜靠在你的肩上，或让他面朝上躺着，并摩擦或轻拍他的肚子。

2 抱着他或将他放在摇篮里轻轻摇摆，会使他平静下来。听听音乐可能效果更好。"白噪声"可以使有的宝宝安静——"白噪声"指的是在其他房间的真空吸尘器或跑台的收音机发出的声音，等等。

宝宝为什么哭

■你的宝宝可能饿了或渴了。这种最基本的需要却可能会被忽略。如果你是母乳喂养,给他吸奶;如果是人工喂养,就给他调一瓶牛奶,或者——尤其在炎热的天气里——就给一些凉开水。

■他可能累了,却不想睡。如果你怀疑是这个问题而且不能使他睡下来,可以把他放在宝宝车里,推到外面走走,或者把他捆在他的汽车座里,开车出去兜兜风。

■他可能不舒服。摸一摸他是否太热或太冷,并相应为他调整衣服。检查他的尿布是湿了或是脏了,如果有必要就为他换尿布。

■有的宝宝很小就容易厌烦。如果他看不到你在干什么,你可以把他移到他可以看见的地方,或把他放在婴儿背带中,当你干活的时候可以带着他;可以给他一些新鲜的东西看,也可以停下你手中的活,和他聊聊天。

■有的宝宝比其他孩子更需要安静:可能来访者太多,太多人来看他,太多的噪音刺激等。可以把他抱到安静的房间里。

■他的常规被打乱了。有规律地照料宝宝可以帮助他们认知周围的世界。如果你的宝宝喜欢这种规律,每天尽量在相同的时间里做同样的事情。

■他胀气(见第38－39页)或腹痛(见第84－85页),或者病了。告诉医生他哭的声调或节律是否和往常不同,宝宝是否在发热,是否好像不认得你,或反常地昏睡。

3 搂抱哭泣的宝宝使他靠近你的身体会给他安全感;抱着他四处走走通常也很有效。

4 有的宝宝即使不饿或不渴也要吸吮。给他你的手指,或帮他把自己的拇指伸进嘴巴,或用橡皮奶嘴试试。

1

照顾宝宝

把你的宝宝丢给临时照顾的人一两个小时，这样你和你的爱人可以有时间在一起。这可使他提前进入8、9个月大时的"认生"阶段。找一个短时间来照顾宝宝的人并不困难：问问家里人、朋友、邻居或一个可靠的年轻人。

决定重新去上班并为宝宝找一个全职保姆却不同。你要确定保姆能对宝宝尽责；能促进他智力和身体的发育；爱他，但不能霸占父母亲在宝宝心中的地位；而且在孩子的抚育方面能与你交流。以下的表格中详细列出了你的主要选择对象，但要记住在有些方面你所需要的会超过所提供的，你也许得不到你所需要的那种照顾。不能简单地说一种选择比另一种好或不好：其中一种最适合于你的宝宝，而另一种适合于你的家人。

你或你的爱人

优点

宝宝可以和自己熟悉的父母亲在一起，可以在家里玩自己的玩具，使用自己的用具；尤其是父亲，可能会因为亲自照顾孩子而与孩子培养起更亲密的关系。

缺点

如果宝宝没有与其他孩子在一起，不利于他发展良好的社交技能，或不能与他的小伙伴们友好相处；你或你的爱人会抱怨失去了自己所喜爱的工作；照顾孩子的父亲仅占少数，但仍使这些人觉得很不舒服。

其他家庭成员：姑姑、叔叔或祖父母

优点

在准备照料之前，照顾者就很熟悉；这种安排也可以允许姑姑或叔叔在家里与他们自己的孩子在一起，而且可以给祖父母提供一个完全崭新的角色。

缺点

这种安排很难客观地商量报酬；照顾者可能觉得干得比预料的时间长而"深陷"其中；一些如管教、训练使用便盆和饮食习惯上的观念可能与你不同；如果有其他孩子在场，你的宝宝可能得不到照顾者全身心的关注。

1

保姆

优点

你的宝宝在自己家里玩自己的玩具，用自己的用具；保姆只负责照顾孩子，因此宝宝可以得到保姆全面的关照；不必占用你的上班时间。

缺点

请保姆很贵；你可能要忍受家里少了一个私人的空间（尤其如果她住在家里）；保姆走了以后你的宝宝可能觉得难受。

家庭托儿所

优点

你的宝宝是在一个家庭环境中，与其他孩子在一起玩（这些孩子可能会变成亲密的伙伴）；由于他们照顾几个孩子，因此付给他们的钱要比单独雇一个保姆的开支更少。

缺点

如果你的宝宝不喜欢照看孩子的人，或其他的孩子，他可能会很难受，而且可能影响他社交能力的发展；对于她在你的宝宝身上花了多少时间，你没有什么发言权；她对于训练使用便盆、断奶等有她的看法，而你不能插手；有的人不照顾生病的孩子。

单位托儿所

优点

这非常适合你的时间表；你可以偶尔在上班时间去看看你的宝宝；你会发现这比其他任何安排更容易坚持母乳喂养；你的宝宝有其他孩子做伴；即使特别中意的人离开了，也总会有一个熟悉的照顾者。

缺点

如果知道宝宝就在附近，你很难安心工作；价格贵；你的宝宝很难得到照顾者一对一的关照。

托儿所

优点

你的宝宝很快会有许多朋友；总会有一个照顾者留意孩子的需要；他会接触到许多玩具，而且是家里没有的（这在他长大些后更为重要）。

缺点

有的托儿所收费较高；你的宝宝很难得到一对一的照顾。

选择照顾宝宝的人

1

　　每个家庭都是独立的，每个父母都有自己需要优先考虑的问题，当你面试照顾孩子的人或参观育儿场所时，以下几点会给你提供一些方面的建议。

托儿所

问些什么
工作人员和孩子的比例是多少？
标准的作息时间表是怎样的？
不同年龄的孩子怎么分开？
孩子生病了怎么处理？
会带孩子出去游玩吗？
是否有花园？
是否供应特别饮食？
孩子睡眠或休息的地方在哪里？

观察些什么
工作人员是与孩子一起玩还是互相聊天？
孩子们是否快乐而忙碌？
是否有适合各年龄段孩子玩的玩具？
是否有为宝宝安排的安静的地方？
是否有人照顾正在哭泣的孩子？
是否有干净的厨房，准备食物的地方？
是否有洗澡间？
是否有消防和保险证明？

保姆

问些什么
你的最后一个工作是什么，为什么离开？
你希望得到多少报酬？
你是否有育儿资格、急救知识、驾驶执照？
你会怎样和我的宝宝度过一天？
当宝宝哭的时候你怎么处理？
你是否打算偶尔在晚上或周末代人临时照看孩子？
你怎么来上班（如果她不住在你家）？

观察些什么
大体的外貌：你知道可以接受和不能接受的。
她和宝宝相处的难易程度。
个性，尤其如果她将要住进来——你能容忍她吗？
成熟度：她可能需要对付危急的情况。
智力：她要给你的宝宝所必需的激发。

家庭托儿所

问些什么
你照料孩子多长时间了？
你要照看多少孩子？他们多大了？
是否有你自己的孩子？
如果孩子行为不端你怎么处理？
是否带孩子出去玩？去哪儿？
如果我的孩子患了感冒或肚子痛等儿科疾病，你会照顾他吗？
你能尊重我们的饮食要求吗？

观察些什么
正在忙碌的孩子：玩耍、画画、猜谜。
孩子的作品：插板上的画，窗台上的模型。
干净的厨房和洗澡间。
适合各年龄孩子的丰富的玩具。
轻松的家庭气氛。

宝宝的喂养

怎么喂养你的宝宝完全由你自己决定。母乳喂养对宝宝来说是最好的，对母亲也有很多好处。但那些不愿意尝试母乳喂养，或曾经试过但认为这不适于自己的妇女相信，配方奶也提供了宝宝所需的所有营养成分。但喂养宝宝并不只是简单地给他喂奶。在你的怀里，他会感受到你的爱；通过目光的交流，你们可以互相沟通。以后，当你给他喂固体食物时，他学会品尝，并认识到进餐是一家人团聚的时候。

母乳喂养

母乳为你的宝宝提供所需的平衡的营养物质。母乳喂养使宝宝获得对幼儿传染病的免疫力；母乳喂养的宝宝患变应性（过敏性）疾病和消化道疾病比人工喂养的宝宝少；摇篮猝死的危险比人工喂养的宝宝低；而且由于几乎不可能使宝宝吃得太饱，他们很少超重。母乳随时可得，总保持最佳温度，而且不需要瓶子装。母乳喂养对你也有好处，有助于你的子宫恢复正常大小，并为你消耗一些热量。而且母乳喂养时你和宝宝紧靠在一起，当你给宝宝喂奶时，你与他的关系是最亲近的。

2

怎样进行母乳喂养

1 将宝宝侧抱着，使他面向你，他的肚子对着你的肚子，不用把他的头转向你的乳头。如果他不张开嘴，用你的手指或乳头碰碰他的嘴唇。当他张开嘴的时候，让他靠近你的乳房。重要的是让他靠近你，而不是你靠近他（这样你就不必耸着肩，在喂奶后不会感到肩部酸痛）。

2 当宝宝开始吸吮时，他吸到的是稀薄的初乳，可以为他解渴。过了不久，吸吮的反射使贮存在乳房里的更浓的乳汁流出来，这可以填饱他的肚子。宝宝吸空一边乳房后，给他吸另一边；有的宝宝每次可以吸两边乳房的奶，有的只能吸一边。每次喂奶时先吸的乳房要交替。

舒适的体位

1 要确定宝宝是否处在适合的高度是很难的。有必要的话，在你的膝上放一只枕头或坐垫把他垫高，自己或者坐在舒适的椅子上，或在床上靠着枕头。用手轻轻兜着宝宝的头。

2

2 躺着也许更舒服些，尤其是在夜间，或因外阴切开而疼痛时。侧卧着，让宝宝侧躺在你的身边，他的嘴与你的乳头在一条水平线上。

挤奶

一旦开始母乳喂养，挤奶就成为一个重要的技能，可以让你把多余的奶挤出。可以买一个手动的抽奶器，按说明书操作，也可买或租一个电动泵，或者直接用手挤出。

洗净手，让自己放松，心里想着你的宝宝，并轻柔地轮流按摩你的两侧乳房，促使奶排出。拇指按在乳晕上方，其余手指压在乳房下，往乳头处向下挤压，再回到胸骨。持续按摩直到奶滴下来。挤出的奶装在消毒过的容器中，封好，放在冰箱冷藏室中可保存24小时，在冷冻室中可存放3个月。在容器外贴上标签，写上日期。

获得帮助

母乳喂养需要自信：你可以做到。如果你有困难，可以向医院或社区的助产士、健康访视员或母乳喂养顾问求助。很少有不能解决的问题。

人工喂养

如果你根本不想给宝宝哺乳，或已经喂了几周但现在想转为人工喂养，你必须使用婴儿配方食品。这些食品多数是在牛奶的基础上加以调配，使之更适合于宝宝的消化系统；对于那些不能消化牛奶蛋白的宝宝，以大豆为基础的配方食品也是可以的。

你至少需要6个带奶嘴的瓶子；虽然小的瓶子可适用于新生儿，但多数瓶子的容积要200ml的。通常宝宝越小，奶嘴上的孔应该越小。奶的流速大约每秒1滴较合适。

2

准备喂奶

■你可以买瓶装或纸盒装的即用型的奶，但如果长期使用这种奶则开销大，且占地方；买奶粉就便宜得多。一次性地配儿瓶放在冰箱里花不了多少时间。

■按照奶粉包装上的说明书所示奶粉与水的比例，将指定数量的凉开水倒入瓶中，再加入奶粉。加入奶粉时可以使用包装附带的勺子，过量的奶粉用小刀刮去。

■拧上瓶盖，彻底摇均以溶解奶粉。

■如果你马上要给宝宝喂这瓶奶，将几滴奶滴在你的手腕上试试温度：它应是温的。如果太凉，将瓶子立在热水中加热几分钟；如果太烫，在冷水中冲一会儿。不要在微波炉中加热：微波炉加热会导致加热不均，这样，太热的部分会烫伤宝宝的嘴（摇晃瓶子有时并不能使热量完全均匀）。

消毒奶瓶

用热水洗净瓶子、奶嘴、瓶盖、水壶及其他容器，然后全部消毒。你可以用以下三种方法之一来消毒。

■煮沸：将所有东西装在一个大锅里煮沸10分钟。如果你只消毒几个瓶子，这种方法是理想的，但如果你打算一次煮许多个瓶子就不太适用了。

■化学药品：买一个罐子及消毒药片或消毒液，将瓶子浸泡一定的时间（通常4－6小时）。然后用开水漂洗，这样不会遗留有消毒液的味道。

■蒸汽：电子蒸汽式消毒器是迅速而有效的；或者买可用于微波炉的瓶子。

如果你在洗碗机里洗瓶子，水的高温（至少80℃）以及干燥过程的高温使得瓶子可以不必再消毒。特别要检查奶嘴是否适用于洗碗机，有的遇热会分解。

从母乳喂养到人工喂养

如果你遵守以下几个基本方针，从母乳喂养过渡到人工喂养是很容易的。

■如何及何时开始转变要有计划。突然的转变可能使你的乳房因奶水充盈而不适，而且可能会导致乳腺炎。

■不要对转为人工喂养而内疚：你的决定对于你和你的宝宝都是最佳的。

■逐渐减少母乳喂养，从而最大限度地减轻疼痛、减少漏奶。你可以每天减少一次母乳喂养，也可以在每次喂奶时以牛奶补充，逐渐减少母乳量，而增加牛奶的量。

■在过渡期，挤出一些奶可以减轻乳房的不适，但不要挤太多：你的身体会很容易适应。

人工喂养

1 舒适地坐着，抱紧你的宝宝。将奶瓶倾斜，使奶嘴充满牛奶，然后伸进宝宝的嘴里。在喂奶过程中保持奶瓶倾斜。

2 如果他停止吸吮，将奶嘴从他嘴里取出，检查奶嘴是否坍陷（这样奶流不出来）。在喝奶期间他也需要停几分钟，排出胃里的气：他肯定会吸入一些空气的。

3 如果宝宝已经吃得够多了，不要让他把一瓶奶都喝完，但不要保留剩下的奶，倒掉它。因为配方奶比母乳难消化，你的宝宝几乎从一开始喂奶，就需要3到4个小时的间隔时间。如果他在喂奶的间隔时间里哭闹，可能是渴了，用消毒过的瓶子给他喂一些凉开水（如果你用矿泉水，要先煮沸，还要检查是否适用于宝宝，因为许多矿泉水钠的含量高）。

打嗝

　　当宝宝吸奶时，他也可能吸入一些空气。打嗝可以排出空气，这样就不会感到肚子不舒服而且误以为已经吃饱。虽然这在人工喂养的宝宝更为常见，母乳喂养的宝宝也可能会吸入很多空气——当他刚开始吸奶时如果你的奶水很足，他可能会大口咽下溢出来的奶。

　　在你进行人工喂养时，每喂进大约50ml就要停下来让宝宝排出胃里的空气；如果是母乳喂养，在换乳房时让他打嗝。但不要强迫性地等他打一个嗝。如果你的宝宝很自在，他大概还没有吸入够让他打嗝的空气；如果他扭动身子或皱眉，就可能要打嗝，可以多等一会儿。没有必要很重地摩擦或拍打宝宝的背部，轻柔地摩擦或有节奏地拍打最有效。

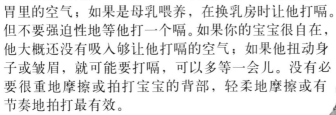

怎样让宝宝打嗝

1 在你的肩上披一条旧毛巾。托着宝宝的屁股，让他倚在你的胸部，头靠在你肩上。轻轻地摩擦或拍打他的背。你坐着（左图）或站着（右图）都行。

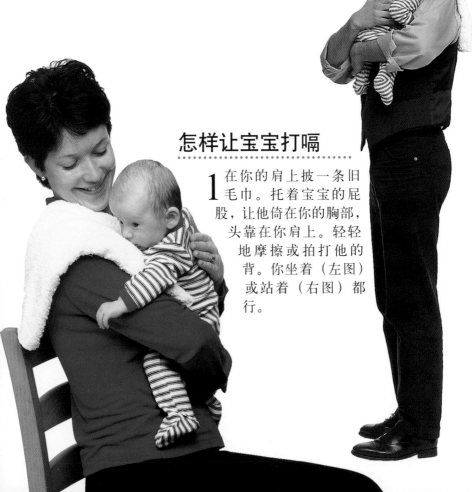

反胃

多数宝宝几乎每次进食后都有一点反胃。父母亲常认为宝宝吐出了大部分吃下的东西——当你擦衣服时看上去很多——并且担心他们的宝宝得不到营养，但实际上，多数宝宝每次只失去约一茶匙的食物。

减少反胃的最好方法首先是减少进入宝宝胃里的空气（奶在空气的上方，所以当宝宝的胃收缩时，奶就直接反流上来）。不管是母乳喂养还是人工喂养，在喂奶期间或喂奶后都要让宝宝打嗝，而且不要在他哭的时候喂奶（这样他自然会吸入更多的空气）。在喂奶时或喂奶后一段时间，试着让宝宝直起身，避免喂奶后马上让他乱跳或推挤他。如果是进行人工喂养，确保奶嘴始终充满奶并要检查奶嘴的孔是否太大，这会使宝宝吞咽太猛，或孔太小，而使他吸入的空气比奶还多。

大约6个月后通常就不会反胃，这时候开始宝宝在一天中的多数时候是直立的。

只有在下列情况时的反胃是令人担心的：

■ 喷射性呕吐。

■ 呕吐物微带绿色。

■ 宝宝体重下降。

■ 宝宝在进食时咳嗽或窒息。

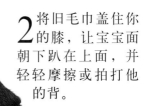

2 将旧毛巾盖住你的膝，让宝宝面朝下趴在上面，并轻轻摩擦或拍打他的背。

3 让宝宝坐在你的大腿上，一只手撑着他的前胸，另一只手轻轻摩擦他的背部。如果他打嗝时也吐出奶，就要为他擦洗，所以要给他戴上围兜或手边准备一块布。

添加固体食物

在宝宝6个月之前，不必为了营养给他添加固体食物，而6个月后，母乳和配方奶中的铁可能难以满足他的需要。当然许多帮助消化固体食物的酶在宝宝4－6个月之前还不能起作用。认为吃固体食物的宝宝可以睡一整夜的说法多半是可疑的——因为每个孩子都是不同的个体，总有不受影响的。

早期添加的固体食物会让许多孩子发生变态反应（过敏），而且会引起肥胖。初期添加的食物没有母乳或配方奶所具有的平衡的营养，虽然可以填饱宝宝的肚子，却不能提供给他所需要的营养。如果你觉得宝宝可能可以接受了，要与你的医生或健康访视员商量决定。即使他可以吃了，但如果他把你喂给他的所有东西都吐出来，就随他去，等几周后再试试。最后，你要培养他进餐的时间观念。

我的宝宝准备好了吗

你的宝宝也许可以开始吃固体食物了，如果：
■他的体重稳定下来。
■他对你或家里其他成员所吃的东西感兴趣。
■他可以很好地支撑起头部。
■他至少4个月大了。

■他开始抓你的盘子里或桌子上的食物。
■他不再机械地把你喂他的食物用舌头推出来（在出生后最初几个月里，这被认为是一种保护性反射，以防被噎住）。
■无家族变态反应（过敏）史。

初期添加的食物

初期添加的食物应该是细腻而清淡的。许多宝宝更喜欢与奶接近的食物，其他的则喜欢品种丰富的食物。如果你的宝宝有变态反应（过敏），那么每次只能添加一两种食物，这样很容易发现是哪种食物引起变态反应（过敏）。不要在宝宝的食物中添加盐、糖或蜂蜜。

■宝宝的米是去麸质的，能方便快速地煮熟。将它与凉开水、挤出的母乳或配方奶混合。刚开始时调稀一些，当你的宝宝可以接受后，将其调稠。
■捣碎的香蕉（捣成果浆）。
■洗净的青菜：萝卜、土豆、红薯。
■洗净的水果：苹果、梨、杏。

首次品尝

　　让你的宝宝舒适地坐在宝宝椅或你的大腿上。先给他喂一些母乳或配方奶，然后将添加的食物轻微加热，或者用你的手指，或用圆形的塑料汤匙喂他。不管你的宝宝是否喜欢，他都可能因为这种食物的奇怪的味道和口感而惊愕地将头摆开，判断他的想法的较好方法是看他是否吞下去或张嘴索要。一旦他习惯之后，可逐渐增加食物的量和种类，但要按宝宝的需要循序渐进。只有当他在一餐里欣然接受固体食物后，才能增加为两餐，以此类推。

2

中期添加的食物

　　当你的宝宝开始长出几颗牙，并能积极地接受浓汤后，可以转为喂稍粗糙的、捣碎的或细细地切碎的食物，增加其食谱的内容。

■切得细碎的鸡肉。

■捣碎的小扁豆。

■面糊加上滤过的番茄沙司。

■婴儿酸奶酪：尽量清淡，不甜，这样大多数宝宝都能接受，或加细细切碎的新鲜水果。

■菜花干酪。

■米。

■鱼：仔细挑出鱼刺，然后切碎或捣碎。

要避免的食物

　　不要给6个月以下的宝宝以下任何食物（许多医生建议，要等到宝宝接近一岁时才可喂其中一些食物）。

■小麦及小麦制品。

■坚果及坚果制品。

■油炸或高脂的食物。

■奶制品，包括普通酸奶酪、干酪和清爽干酪，除非这些奶的成分已经更改以适合于婴儿。

■蛋类。

■柑橘类水果。

■刺激性食物，如洋葱和辣椒。

给宝宝喂食

　　你越迟给宝宝添加固体食物，他们越容易适应，但在宝宝9个月大时，他们大多数已经开始吃各种食物，而且逐渐代替了母乳或配方奶而作为热量和营养的主要来源。采用人造的婴儿食品很便利，但它们不能培养宝宝习惯于"真"食品。无论在什么情况下，只要有可能，就给他喂经过加工，而且不加盐或糖的天然食品，并贮备一些婴儿食品，在你外出旅行或宝宝不适时可以用上。

　　在你的宝宝1岁以后，才能将鲜牛奶作为饮料，不要用脱脂乳或撇去奶皮的牛奶——你的宝宝需要只有在全奶中才具备的脂肪、维生素和热量。你可以继续以母乳或配方奶作为饮料，或给宝宝喂凉开水或稀释的果汁（避免饮用含添加剂的果汁饮料或含糖多的饮料）。除了奶以外，其他饮料可以盛在杯子里，这样你的宝宝会习惯于饮用它。带两个柄的杯子对他来说最为好用：你可能要试用几个杯子，直到发现宝宝喜欢的形状及结构的杯子。

买一张高椅子

　　高的椅子可以让宝宝与家人一起坐在桌前享受共同进餐的乐趣。它使宝宝坐得稳，而且一定程度上有益于进餐整洁。就餐前在椅子下面的地板上铺一张塑料薄膜。另外，宝宝一定要戴上肩保险带（只有安全腰带是不够的）。

■你可以喂宝宝，或给他一只勺子让他试着自己吃。虽然这会使他吃得很慢，但让他试着用勺子是很重要的：他练习得越多，就越能熟练地自己进餐。

■或者你和他都拿着勺子：你的宝宝用它练习，而你可以确保至少有一部分食物进入他的嘴里。

便于用手抓的食物

在你的宝宝能熟练使用勺子之前（很可能要在他快3岁时），他可能喜欢便于用手抓的食物（他习惯于将玩具或其他物品放进嘴里，因此能毫不困难地用手抓着吃）。不仅因为许多便于用手抓的食物确实具有流质食物所不具备的口感和"嘎吱"作响的咬嚼声，而且使他能够选择他想吃的东西，也使你能腾出手来自己吃饭，同时也许还能与其他小朋友一起吃。不要让你的宝宝单独吃任何东西，也不要一次夹太多食物到他的盘子里。适合手抓的食物包括：

■蒸熟的椰菜花。

■稍微蒸熟的胡萝卜丝（要足够软，这样宝宝不会被一个小块哽住，但不能软得不需要咬）。

■蒸熟的青豆。

■香蕉片、切片的甜瓜、苹果、梨、桃子或油桃。

■涂黄油的面包。

■面包片、皮塔饼。

食品卫生

如果你自己遵守以下食品卫生的基本准则，那么你的宝宝应该没有问题，但许多成年人对食品卫生不大重视。有些东西只会引起成人轻微肚子不适，却会造成宝宝的呕吐、腹泻和严重的脱水。

■在你喂宝宝之前一定要洗手。

■在处理生肉、家禽、鱼和蛋的前后要洗手。

■不要在同一块板上切肉和蔬菜。

■冲洗水果和蔬菜并削皮以除去残留的杀虫剂；检查标签上的化学添加剂（婴儿食品中不能含有化学添加剂，但成人食品可以）。

■在打开罐头前冲洗盖子以除去灰尘。

■检查婴儿食品罐头的密封性，如果密封性不好，就不要给宝宝吃。

■未吃完的婴儿食品罐头贮藏在冰箱里不要超过48个小时；不要将宝宝就着吃剩的食品罐头贮藏起来：他唾液中的细菌会使其中的食物腐败。

■如果你将婴儿食品分成几份冰冻起来，每餐需要多少就解冻多少；如果没有吃完，就扔掉。

■食品要避免阳光直射，贮藏在阴凉处。

■当你煮东西时，每次品尝都要换一只干净的汤匙。

出牙期

你的宝宝可能在6个月左右（这时间可能相差较大）长出他20颗乳牙中的第一颗牙。你可以看见每一颗牙就像一个坚硬的白色突起潜伏在牙龈下，然后从中冒出来。这会使宝宝感到疼痛。

你的宝宝正在出牙的征象包括：过多的淌口水引起口周和下巴出现很痒的红色皮疹；多余的口水咽下时引起呛咳；大便稀薄（尽管出牙不会引起腹泻，腹泻也肯定不是由出牙引起的）；体温轻微升高；出现咬或咀嚼坚硬东西的欲望（这与所有宝宝都具有的希望通过咬来帮助他们探究东西的欲望不同）。

抚慰出牙的宝宝

■给他一个凉的供出牙时咬的橡皮环：有的设计有装冷水的空间，但任何类型的橡皮环你都可以冷却。

■给他喝凉水，或一些硬的东西去咀嚼，如冰冻的百吉饼或冰冻的香蕉。

■用你的凉指尖（在水龙头下冲）按摩他的牙龈，或给他一薄片冰（一大块冰会冻伤他的牙龈）或稀释的果汁制成的冰棒棒糖。

■用一点无糖的出牙制剂摩擦，或具有同样疗效的出牙粉。

■适当剂量的无糖型婴儿用扑热息痛。

■治疗皮疹，洗净患处，轻轻拍干，然后涂一些凡士林。

宝宝的奶瓶龋

如果你允许宝宝衔着一瓶奶或果汁睡觉，他的牙和牙龈就会浸在含糖的液体中，而这含糖的液体不会被唾液中和——像白天一样——因为夜间唾液的分泌减少。如果这种情况一夜接一夜地发生，宝宝的牙齿就有被龋坏的危险。最好的办法是不要让他养成吮吸着入睡的习惯。如果他已经有这个习惯，而你却不能打破这个习惯，就给他一瓶白开水或假奶嘴。

允许你的宝宝一整天含着奶瓶也一样有害。一旦他开始与家人一同进餐，在餐中或两餐间隔时间给他喝饮料，不要不停地让他喝。

健康的牙齿和牙龈

■你的宝宝一出现出牙征象，就要为他清洁牙齿和牙龈。

■一旦他足够大，就鼓励他自己刷牙，并要给他一把牙刷。

■确保他的饮食中含充足的钙（奶、奶酪、酸奶酪和多叶的青菜都含有丰富的钙）和维生素D（存在于蛋黄、富含脂肪的鱼和奶产品中）。饮食中缺乏维生素D会减少钙的吸收。

■限制糖果、蛋糕和含糖饮料。但要承认，你不可能完全禁止这些食物，尤其在他长大以后，所以要确保他在进餐时吃，而且餐后要刷牙。巧克力在牙齿上滞留的时间要短于粘性的糖果。

■不要将奶嘴浸在任何甜食中，或在谷类食物或饮料中加糖。检查食物的标签：蔗糖和葡萄糖都是糖。

■检查你的自来水中的氟化物，并向牙科医生咨询氟化物的补充。

为你的宝宝清洁牙齿

关注宝宝的牙齿越早越好。龋齿是令人痛苦的，缺齿（即使是乳牙）影响美观，而且会使恒牙过于拥挤，牙列不齐。

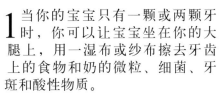

1 当你的宝宝只有一颗或两颗牙时，你可以让宝宝坐在你的大腿上，用一湿布或纱布擦去牙齿上的食物和奶的微粒、细菌、牙斑和酸性物质。

2 一旦他长出更多的牙齿，用一把软牙刷，挤出豌豆大小的婴儿牙膏（成人牙膏含过多的氟化物）。牙刷即使看上去不旧，每两个月也要换一把，因为细菌会聚积在刷子的毛上。养成早起和睡前为宝宝刷牙的习惯。

外出用餐

　　当你有了一个小宝宝后，两人的进餐将成为历史，但这并不意味着你们不能外出用餐。实际上，让你的宝宝经历外出用餐会增加他的社会经验，并让他认识到进餐是有趣的家庭活动。

愉快的外出用餐的建议

■选择聚餐地点。你不必非要选择那些可以让刚学步的小孩四处走动，而且菜单中包含儿童所喜欢的垃圾食品的地方，但如果你的宝宝哭闹、拒绝吃饭而且很难受，你就会感到不舒服，外出用餐就会变得毫无意义。

■选择时间。在你的宝宝可能感到饿（但不能太饿）而且不是很累的时候。

■不要依赖餐馆提供高椅子。预约的时候预订一张高椅子，或带上一张轻便的座椅。

■带上一些可供消遣的东西。你的宝宝会花一些时间与其他用餐者嬉戏，也会玩玩餐巾，但带上几个玩具和一本书可能还是会有用。

■带上一瓶婴儿食品，以防菜单中没有合适的食物。但要检查菜单里有什么：你的宝宝也许可以吃面食或不加调料的鸡肉，作为副餐的蔬菜或米饭，或甜点中的水果色拉。可以要一小份。

■不要让你的宝宝四处爬或走，服务员很容易绊倒他。如果他不愿意被限制活动，带着他走一会儿。

■宽松的环境：在一个热闹的餐馆中，你的宝宝发出的奇怪的尖叫声或他不间断的叽叽喳喳声不会显得刺耳。用餐者更容易被可爱的宝宝所吸引，而不会恼怒。

座位安全

　　如果餐馆没有提供高椅子，两种类型的座位可供你的宝宝选用：嵌在桌子里的座位，或安装在普通餐馆椅子上的加高的座位。

■嵌入式的座位只能用在坚固、稳定、没有桌布或桌底下没有垫子的木桌或金属桌子上。如果座位没有完全装好，或者桌子摇晃，或者座位是安装在活动桌板上，而不是装在桌子上，或者如果桌子是用铝或薄木板制成，就不要用这样的座位。

■你的宝宝至少1岁且不会乱动时才能使用加高的椅子。不要把加高的椅子放在太小或太大的椅子上，太小难以支持，太大则带子不能拴牢。要避免使用很光滑的椅子及坐垫不牢固的椅子。检查椅子是在一个稳定的平面上。

你的宝宝怎样成长

看着你的宝宝从无助的新生儿成长为独立的蹒跚学步的孩子，是父母亲的最大乐趣之一。似乎你的宝宝没有哪一天不会获得一些新的技能或掌握一项本领——你的宝宝将学会走路和说话，他将知道自己的名字并开始发展自己的个性。他将决定喜欢和不喜欢的东西——食物、玩具和游戏，以及日常习惯如洗澡和洗头。他也将为社会生活奠定基础，学会与妈妈辈及同龄的孩子接触。每一天都是令人兴奋的经历——好好享受吧。

身体发育

在生命中的最初18个月，你的宝宝将学会抬头、坐和走。这儿提供了一些转折点的平均年龄，在这些时间里，你可预料到并帮助他掌握这些技能。但每个宝宝都是独特的个体，他们按自己的速度发育。虽然如此，但宝宝成熟过程的顺序是相同的：从头开始往下肢进行。因此以下指南将告诉你下一步将发生什么。宝宝不愿意爬，不要担心：有的永远不爬。那些可以坐得很稳的常常可以在学会走路之前用屁股移动；其他的在开始直立行走前是用他们的手和脚"走路"的。

学会坐

■刚出生时：如果你将宝宝从躺着拉起来到坐着，他的头完全后仰。

■2个月：支撑宝宝坐着，他会短时间地抬起头。

■3个月：如果你将宝宝从躺着拉起来到坐着，他的头只后仰一点；如果用垫子支撑着，他可以坐10－15分钟。

■4个月：当他坐着的时候，他可以撑起他的头并向各方向转动；如果靠着，他可以坐30分钟。

■5个月：如果你将他从躺着拉起来到坐着，他的头与脊背成一直线。

■6个月：他可以坐得很稳，并且可以自己从仰卧位坐起来（靠着你或家具）。

■7个月：他可短时间单独坐着。

■8个月：他可单独坐得很稳，并可坐着移动或蹦几下；他可以从面朝下趴着时坐起来。

■10个月：他可能从站着坐下来；也可从爬行中坐下来。

学会爬

■刚出生时：当他趴着时会做一些爬行的动作。

■1个月：当他趴着时可稍微抬起头。

■2个月：当他肚皮贴着床趴着时，会移动自己同侧的手臂和腿，而头部的移动与手臂和腿不协调；他的头可以抬起45°。

■3个月：当他趴着时，头可以抬高90°。

■4个月：他可以将肚皮撑起来；当他肚皮朝下趴着时，可以自己用手撑起来，并屈起膝盖。

■5个月：他可以从仰卧翻身成俯卧。

■7个月：他用手和膝撑着时，身体会摇晃；当他肚皮朝下趴着时，可以自己向前移动。

■8个月：他可以爬。

■9个月：他可以爬得很协调；还可以故意前后滚动。

学会走

■刚出生时：他有"踏步反应"，但是当你支撑着他站着时，他的身子是无力的。

■5个月：他站在你的膝上时，腿可以撑住一些重量。

■6个月：他站在你的膝上时，可以撑住自己的重量，而且脚还可以往下压。

■7个月：他可以扶着家具撑住自己的身体。

■8个月：当他扶着家具时可以调节自己的平衡。

■9个月：他可以从坐着自己站起来。

■10个月：他可以扶着某个东西或人站着。

■11个月：他可以单独站着；他站着时可以探出身去抓东西；他可以自信地自己站起来并坐下；如果你牵着他的两只手，他可以走。

■12个月：你牵着他的一只手，他可以走，但如果你让他自己走，他会失去平衡，而且常跌倒。

■13个月：他可以走得很好并可以爬上家具。

■14个月：他能俯身拾起东西而不会失去平衡。

■15个月：他可以爬上阶梯，走下来，并且可以独自走得很稳。

■16个月：他能跑，但常跌倒；可以单腿独立而不失去平衡；可以拖着玩具走。

■17个月：他可以向任何方向走，包括转圈圈，并可以走上阶梯。

■18个月：他可以踢球；很自信地跑；而且可以跳舞。

感官的发育

你的宝宝出生时就有视觉和听觉，但这两种感官的发育都不完全，在出生后最初几个月里会迅速成熟。在你的宝宝可以完全听清楚别人的讲话时，才开始学习说话。随着他的视力变得更敏锐——而且他的大脑使他更好地控制身体——宝宝手的动作将更加灵活准确。在你的宝宝进入学步期的时候，他的视觉和听觉和你一样好，而且他的活动能力可能比你还强。以下是感官发育的平均时间：有的宝宝可能发育得更早些，有的迟些。

学会看

■刚出生时：他的瞳孔适应亮光，可以注视20－25cm远的物体；两眼也许不能"一起"工作；如果你慢慢移动你的头，他的眼睛会跟着你。

■1个月：他认识你的脸。

■2个月：他的两眼一起聚焦；他可以看见物体的边和角。

■3个月：他有很好的周边视觉。

■4个月：他认识熟悉的东西或人；他看自己的手。

■6个月：他的手、眼协调性好；从镜子中看见自己会拍手；他可以从不同的角度认识同一个物体；他开始寻找丢失的东西（不在视野内并不意味着不在脑子里）。

■7个月：他可以注视很小的东西。

■8个月：他有深度的概念。

■11个月：他能注视快速移动的物体。

■12个月：他的视觉和你一样好；会寻找上一次看见的东西。

动手

■刚出生时：他会反射性地抓住放在他手掌里的东西。

■3个月：他不能有意地伸手，但如果他偶然碰到一个东西会很兴奋。

■4个月：他会抓住一个物体。

■5个月：他会伸手去拿或摸东西。

■6个月：如果他丢出什么东西，他会看着，并会伸手去拿半隐藏的东西。

■7个月：他会用自己的眼睛指导手的动作；会两手呈杯状握住一件东西；当伸手去拿东西时，眼睛会注视着手；会一起使用两只手。

■8个月：他可以捡起滚向他的球；开始同时用手指和手掌握住东西；他会放下手中的东西而伸手去拿更喜欢的另一件东西。

■9个月：他会有意地丢东西；刺、戳东西；指着想要的食物；能自信地将东西从一只手传到另一只手。

■10个月：他能用拇指和其他的手指抓住东西，而不是用手掌握住。

■12个月：他能用拇指和食指捡东西。

■13个月：他在捡东西前先将他的手移动到最佳位置。他能将东西放进一个容器或放在架子上。

■14个月：他能将一块积木叠在另一块上。

■17个月：他可以投掷球。

■18个月：他可以用许多块积木搭起一个塔；他可以握住蜡笔在纸上作标记。

3

学会听

■刚出生时：他可转向声音的方向。

■1个月：他开始分辨声音。

■3个月：他的头会向着声音的方向左右转动。

■4个月：他可以找到声音的方向并转向它。

■5个月：他可以找到从上面或下面发出的声音；他可以区分不同的声音和声调。

■6个月：他知道自己的名字并可以与声音联系上。

■10个月：他对熟悉的物体的名称有反应，如："玩具熊"或"杯子"；他可以听懂一些简单的句子如"给我看"或"给我"。

游戏和社交技能

　　所有孩子的早期学习都是从游戏开始的。当你和你的宝宝做游戏时，你也教他认识了周围的世界：有的东西是软的，有的是硬的；有的东西可以藏起来，有的不行；有的东西你握住会变形；有的当你丢下它时会弹起来。从游戏中他会掌握社交技能。通过游戏，你的宝宝将学会与人共享并学会有用的技能，这都有利于他开始在托儿所里与其他人的交往。

学会表达感情

■刚出生时：当你说话的时候他会看着你的脸；他还不会笑；如果感到吃惊会有反应。

■1个月：他刚刚会笑。

■2个月：他对高声说话或点头会明确地笑；他也能静静地笑。

■4个月：他会对着镜子笑；看见熟悉的人会笑；兴奋的时候会大笑或扭动身子；高兴时会发出声音。

■5个月：他看见别人笑时会笑。

■6个月：在参与喜欢的游戏或听见好听的旋律时会笑。

■7个月：他可能表现出害怕或害羞。

■12个月：他会对自己的行为（如移动玩具）微笑或大笑；他害怕陌生人。

■15个月：他会表现出爱；他有自己的想法。

学会交流

■刚出生时：他会模仿你的手势。

■2个月：只要你让他"回答"，他会轮流与你"谈话"。

■3个月：他会张张嘴，好象在说话；当别人对他说话时，他也会呀呀学语。

■5个月：他会对着一个物体发出咕咕的声音，像在对它说话。

■6个月：他知道自己的名字；他可以听出声音。

■7个月：他模仿简单的动作；可能有一两个简单的信号；他会用成人的音调重复声音，呀呀学语。

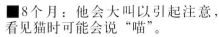

■8个月：他会大叫以引起注意，看见猫时可能会说"喵"。

■9个月：他会说一个有意义的词；会像说话那样发出声音。

■10个月：他对简单的命令如"给我"，及熟悉的物品如"洋娃娃"会有反应，他可能会拉你的衣服以引起注意。

■11个月：他会说"不"；可能会说"Bye"；掌握两三个有意义的词。

■12个月：他可以执行一些更复杂的要求如"把娃娃放进车里"。

■15个月：他会说10－15个理解的词；可使用完整的短语；可以将两个词组成一个句子。

■17个月：他可以使人明白他的意思。

■18个月：他理解的比能说的更多；他的词汇量可能会达到50个；他可以指出他身体的一些部分。

学会游戏

3

■2个月：他一次会做一个主动的动作。

■3个月：他可认出熟悉的人；你进屋时他就不哭了；会笑；会显示吃惊。

■4个月：单独一人时他会感到烦。

■6个月：他一次可以做两个主动的动作，而且两个动作有联系，如：按住按钮，让玩具发出尖叫声。

■7个月：他会找丢掉的东西；玩躲躲猫。

■10个月：他一次可以做几个主动的动作；能找到想要的玩具；喜欢听歌，并参与游戏。

■11个月：他会试着玩拼图，但如果有一块不合适就可能泄气；当他成功时会很高兴。

■12个月：他与你做游戏；喜欢如打开盒子即跳出一个奇异小人的玩具盒，及其他这样的玩具；玩藏东西的游戏（即使他不能看见，也知道东西还在）。

■18个月：他会在同龄的孩子边上玩，但不是与他们一起玩（虽然他会与哥哥或姐姐一起玩）。

行为问题

一方面，你宝宝的个性发展是令人高兴的事；另一方面，他的独立成长意味着他不再百依百顺，在你要他做一些事时他很可能说不。婴儿和学步的孩子（及大一些的孩子）还没有掌握进行争论的词汇或还不能控制自己的感情，他们是通过几种不同的方式表达自己的愤怒、气馁、疲劳或兴奋。

发脾气

发脾气的高峰处于2岁左右，但小一些的孩子也很可能发脾气，他们尖叫、踢、在地上滚或丢东西。最激烈时，可以延续1个小时，但多数只几分钟。有的孩子每天发脾气，有的只是偶尔。

孩子通常只对他们的父母或其他主要的照顾者发脾气。多数发生在家里。处理办法包括：

■预防：避免触发因素，例如，你的宝宝累了或饿了。如果你知道在超市里拒绝给他买糖他可能会发脾气，就试着买东西时不要带着他或给他分配一些任务，如挑选苹果，让他不去想糖果。

■转移注意力：当他可能发脾气时，给他一些活动的选择，放一盘磁带，出去走走，去不同的商店等。问的问题不要太广泛（"我们现在干什么？"），而是提供一些选择（"我们去公园还是看电视？"）。

■把他带走：如果他在家里发脾气，带他到另一间房间；如果你们是在商店里，就带他到小汽车里。或者你自己走开。确保他不会伤害到自己，然后才能走到另一个房间。

■抱抱他：有的孩子只是想得到爱抚。

■保持平静：轻轻地说话，如果有用的话可以蹲下来平视着他说话。

■始终如一：如果你的孩子知道你的限制，他就不会利用发脾气以得到想要的东西。

■不要打他、宠他、哄骗他、纵容他。

吮拇指癖

宝宝在吮拇指时会感到很舒服，而且大多数不吮拇指的婴儿可能有吸橡皮奶头或其他东西的癖好。尽管你可能不喜欢他总是将拇指含在嘴里，但没有必要试图让宝宝戒掉这个习惯。

■不必担心：几乎所有的孩子到开始上学时都会自动停止吸吮拇指。

■避免恐吓：在你的孩子6岁左右，恒牙开始萌出时，吸吮拇指才会造成牙列前突，而在这之前，并不会对牙造成这样的伤害。

屏气

有的孩子因为过分生气或失望，哭闹会发展为歇斯底里。严重时孩子可能出现换气过度，继而屏住呼吸，甚至可能短暂失去知觉。

■因为常常是由发脾气引起，避免触发因素是防止呼吸暂停的最好方法。

■不要恐慌：这种情形会使父母亲受到惊吓，但对你的孩子却无害，他总会禁不住要吸气。

咬人

有的孩子在生气时会打人；有的会抓玩伴的头发；有的会咬人。这些情况都可能会使受害者受伤，而父母亲会感到奇怪，他们究竟哪儿不对劲。咬人在小孩子中是很常见的，但多数很快就会克服。如果你的孩子总是咬人：

■加强教育：咬人总是不对的；不要反咬他（以为这样他就知道被咬是什么感觉）；不要咬着玩。

■隔离：将咬人的和被咬的分离开；有些孩子咬反对他的所有人，有的则只对一个孩子生气。如果你的孩子是受害者，要告诉咬人者的父母亲，必要时要将孩子隔离。

■鼓励：孩子咬人是因为他们受到欺负时不知如何用其他方法应对；

对待攻击行为

家庭成员是宝宝最初的榜样。如果大人们或哥哥姐姐们不顺心时就习惯于大喊大叫并进行相互攻击，宝宝就会觉得这些行为是可以接受的，而且会模仿。

■树立一个好榜样：即使宝宝还太小，听不懂说话的内容，他也能分辨出理智的讨论和激烈的争吵之间的不同。

■在可能的情况下，你一发现势态在逐步升级就要立即插手。如果你的孩子看起来要打人或咬人，要将他带走。当他学着为自己辩护时要支持他（"这个房子里的人都不咬人"；"这个托儿所里没有人会去抢其他小朋友的玩具"）。

■宝宝的行为应该是有约束的，并且要一如既往。对于不良行为或攻击性行为，你不能今天姑息，明天又严惩。

■另一方面，不要管得太严。给孩子一些选择的自由，即使他会犯错误。一个从不允许做决定的孩子会变得灰心，这容易导致攻击行为的发生。

■如果你知道自己在不顺心时会情绪激动，那么在孩子面前要学会用其他方式开导自己。如果你无法自我控制，要告诉医生有关你的个人或家庭问题。如果你的攻击行为与喝酒或用药有关，那么现在就去寻求帮助。

宝宝的玩具

　　新生儿并不真正需要任何玩具，但是当他两三个月大时，他就开始注意它们，而且在他的第一个生日时，玩具就显得很有意义。玩具业是个大行业，铺天盖地的媒体广告让你不能不为其所动。而且，由于所有的父母都望子成龙，他们就很容易屈从于商家的玩具有助于成长的主张。

　　毫无疑问，陈列在货架上的许多玩具都是极好的：新颖、有趣，集玩赏与学习于一体。但也有许多昂贵的小玩意儿并不能长时间地吸引孩子的注意。孩子们并不需要太多玩具，但他们必须玩得有意义。要选择与年龄相适应的玩具；小宝宝的玩具要能够刺激他们的感官；大孩子的玩具要有助于身体和智力的发育。

3

头3个月

玩具	意义
可移动的形体玩具	帮助宝宝注视及认识形状
塑料环	提高手的控制力和协调性
咯咯作响的玩具	提高手的控制力和手与眼的协调性；教宝宝开始与结束；教他因果关系
吊在婴儿车上的玩具	帮助宝宝注视，鼓励他伸手去抓；当他大一点时可能与它们聊天
婴儿体育玩具	给他多种触觉感受，教他因果关系，鼓励伸手
音乐牵引玩具	教他因果关系

4-6个月

玩具	意义
布娃娃或其他小的柔软的玩具	摸着舒服的物体有助于他玩耍时发挥想象力
柔软的球	有助于提高手和眼的协调性
镜子	认识自己
色彩鲜艳、不同形状的柔软的块状物	有助于认识颜色和形状
活动玩具	教会因果关系
出牙期的玩具	减轻齿龈刺激
布书	触摸的感受；有助于培养对书的热爱

6－9个月

玩具	意义
积木	有助于培养空间感知力和认识颜色和形状
球	有助于手与眼的协调和平衡
镜子	促进对自己的认识
书本	有趣且能扩大词汇量
电话	有助于发挥想象力，培养通讯技能
躲躲猫的玩具	认识事物的持久性

9－12个月

玩具	意义
容器	有助于认识物质的大小的概念
可堆叠的玩具	有助于培养空间感知力
洗澡的玩具（喷水器、舀水勺、浇注器）	帮助学习称量；鼓励探索新的工具
可连锁的玩具	有助于培养空间感知力；认识构造技巧
方向盘	有助于发挥想象力

3

13－15个月

玩具	意义
形状分类玩具	帮助孩子认识各种形状之间的关系
手推车或学步车	有助于保持平衡和行走
套环	有助于分类技能
简单的拼板玩具	帮助提高灵活运动的能力
连接玩具	有助于手的灵巧性
匹配玩具	匹配是早期的数学技能
分类箱	有助于分类；也是早期的数学技能
图形键盘	有助于分类技能；提高空间感知力

16－18个月

玩具	意义
玩具三轮车，可坐可骑	促进体育锻炼
童车、洋娃娃或动物玩具	有助于发挥想象力
蜡笔	画画可提高手的灵活性
吹泡泡	早期的科技教育；有的东西是可变的

体育游戏

　　宝宝通过与你和其他照顾者的相互接触来认识世界。在他们能够爬或走之前，大部分的这种接触倾向于固定的，这与他们的智力或交际能力的发育相吻合。但如果你观察躺在摇篮里或坐在椅子上的宝宝时，你会发现他很少是安静的：他屈膝摩擦脚踝，伸手触摸玩具，弄得椅子咯咯响或试图摇晃他的摇篮。

　　宝宝不需要"体育课"，但他喜欢并需要身体的刺激。当你与宝宝玩体育游戏时，可以让他躺在地板上，以试试他的力量：宝宝如果总是被限制活动，就不会知道如果他双手撑着地板，可以抬一会儿头，或者如果他伸出手去，也许就可以抓住他想要的玩具。

3

与你的宝宝一起锻炼

1 让他坐在或站在你的膝上，一边对他唱歌或聊天，一边让他轻轻上下跳动。如果你知道有韵律的音乐，那就最好。他不但喜欢运动的感觉，而且也会喜欢这种上下起伏的节奏。

2 当你的宝宝躺着的时候——如换尿布时——活动他的腿，也可以和着音乐的节拍进行。或者将他的手举过头，或轻轻拉他坐起来（只要他的头与脊柱至少可保持45度）。这种简单的运动扩大了他四肢的活动范围并促进肌肉的强壮。

3 宝宝被轻轻托着举到空中是宝宝喜欢的游戏，这也给宝宝提供了不同的视野空间。他最初的视野是在他的上方，接着是你带着他四处走时所看到的，然后，当他会坐时可以自己观察。这种新的视野将帮助他感受空间深度。

太粗暴？

当你将宝宝抛向空中再接住时他会高兴地尖叫，但对于婴儿和学步的孩子来说，这种粗暴的玩法并不可取。存在两种潜在的危险（还不包括无法接住宝宝）。一种是挥鞭样损伤：当宝宝还只能有限地控制他的颈部肌肉时，可能不能保持头和脊柱成一直线。挥鞭样损伤轻则颈部疼痛几天，重的可能导致大脑的损伤甚至死亡（正是这个原因，你生气时不能摇晃宝宝：在激动的情况下可能会误伤了他）。另一种危险是视网膜脱落，导致永久性视觉障碍，甚至失明。

你的手随时都要放在宝宝身上，并避免玩摇晃他的头和脖子的"游戏"。

养成良好的习惯

■从小养成运动的好习惯很有好处。从婴儿期起，只要有可能，就要让孩子尽可能多地参加家里的合适的活动：散步、远足（用背带背着宝宝）、慢跑（让宝宝坐在手推车里）。

■一个胖乎乎的宝宝长大后不一定会很胖，但大多数肥胖的青少年从学步期就开始超重。防止从肥胖倾向发展为终生的体重问题，除了要向他灌输好的饮食习惯外，最好的方法是让他多参加体育锻炼。

■当他长大一点后，试着寻找一个场所让学步的孩子能够玩多数人家里所玩不到的体育器械。但要保证有合格的指导老师，锻炼应以娱乐为目的而不是竞技性的。你当地的休闲中心或游乐场所可以提供这方面的细节情况。

有代表性的一天

没有两个宝宝是相同的：他们的发育速度不同，有不同的兴趣和好恶。即使在一个家庭里，一个宝宝可能从几个月大就"进入正轨"，而另一个却从容不迫地，即使在大白天也在睡觉。以下这些表格为你提供了一个参考，你与宝宝在3个月和15个月时可能怎样度过一天。

3个月

■早上6点：醒来吃第一餐。随即又睡着。
■早上9点：又醒来，吃另一餐，然后洗澡。洗澡后，坐在摇椅上半小时，"聊天"。
■早上10点半：再打个盹。
■中午12点：醒来吃"午饭"。做一会儿婴儿体操，然后坐在摇椅上玩 串塑料钥匙。
■下午2点半：被放在手推车上出去散步；在路上就睡着了。
■下午4点：回家后醒来，吃点东西。
■下午4点半：躺在地上踢一会儿；与妈妈玩。
■下午5点半：开始傍晚的哭闹。断断续续哭一个小时，然后被放在小汽车上出去兜兜风，逐渐平静下来。小睡半小时。
■晚上7点半：醒来，有点高兴；与父母亲玩，并聊天。
■晚上9点：最后吃一次，然后去睡觉。
■夜里2点：醒来吃点东西，马上又睡着了。

15个月

■早上6点：醒来。在小床上玩15分钟，然后嚷着要吃早饭。吃完后玩一会儿玩具。
■早上9点：小睡一会儿。
■早上10点半：醒来；喝饮料，吃点心；玩玩具。
■中午12点：吃午饭。
■下午1点：去公园；在那儿遇见一个朋友；玩两个小时。
■下午3点：回家睡一会儿。
■下午4点半：准时醒来与妈妈一起看儿童节目；喝饮料，吃点心。
■下午6点：喝茶。
■晚上7点：洗澡，然后听故事。
■晚上8点：睡觉。

保证宝宝的安全

　　家庭意外事件是5岁以下儿童死亡和受伤的主要原因；其次为车祸。但你不能——而且也不愿意——约束宝宝对周围世界的好奇心，并且不让他去想去的地方。你可以采取一些实际措施保证他在多数情况下是安全的。最好在宝宝出生前对家里设施进行安全检查，但如果你没有时间，也必须在宝宝会爬之前：一个会爬的孩子移动得很快，而且很快就会跑！随着孩子的长大，你开始对潜在的危险产生第六感觉，并能一眼看出玩具和器械的安全性。但在尚未达到这种技能前，以下几页将帮助你决定你的家里需要做哪些改变。

起居室的安全性

　　一旦你的宝宝会爬，你的起居室就存在较多的危险性。一方面，你的宝宝只是家庭中的一员，而且你不愿意牺牲居室的舒适或美感；另一方面，只要你的眼睛一离开他，他就容易受伤。从一开始就要教宝宝"不"或"烫"是必须引起注意的词，这虽然是个好办法，但你不能期望他马上就理解你说这些词是为了保护他。而且，对他来说，每个东西都是一件玩具：他会看着它，抓住它，咬它，而且一旦发现更有趣的东西，他就会扔掉它。一些简单的预防措施会防止很多的意外发生。

　　一个有效的办法是你自己在地板上爬一爬：你会碰到什么？会推倒什么？会爬到什么上面？什么东西有锐利的边缘？什么东西很醒目，会让宝宝急不可待地想要？

4

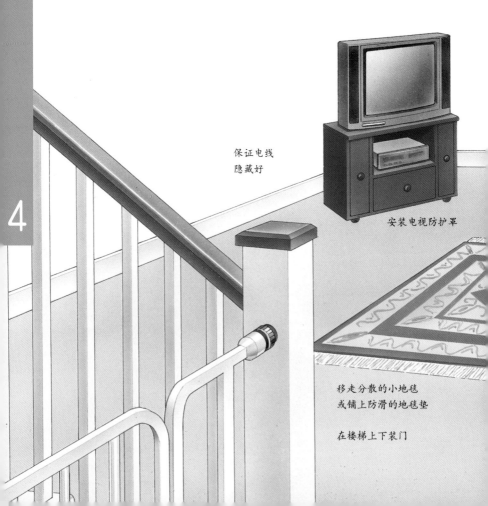

保证电线
隐藏好

安装电视防护罩

移走分散的小地毯
或铺上防滑的地毯垫

在楼梯上下装门

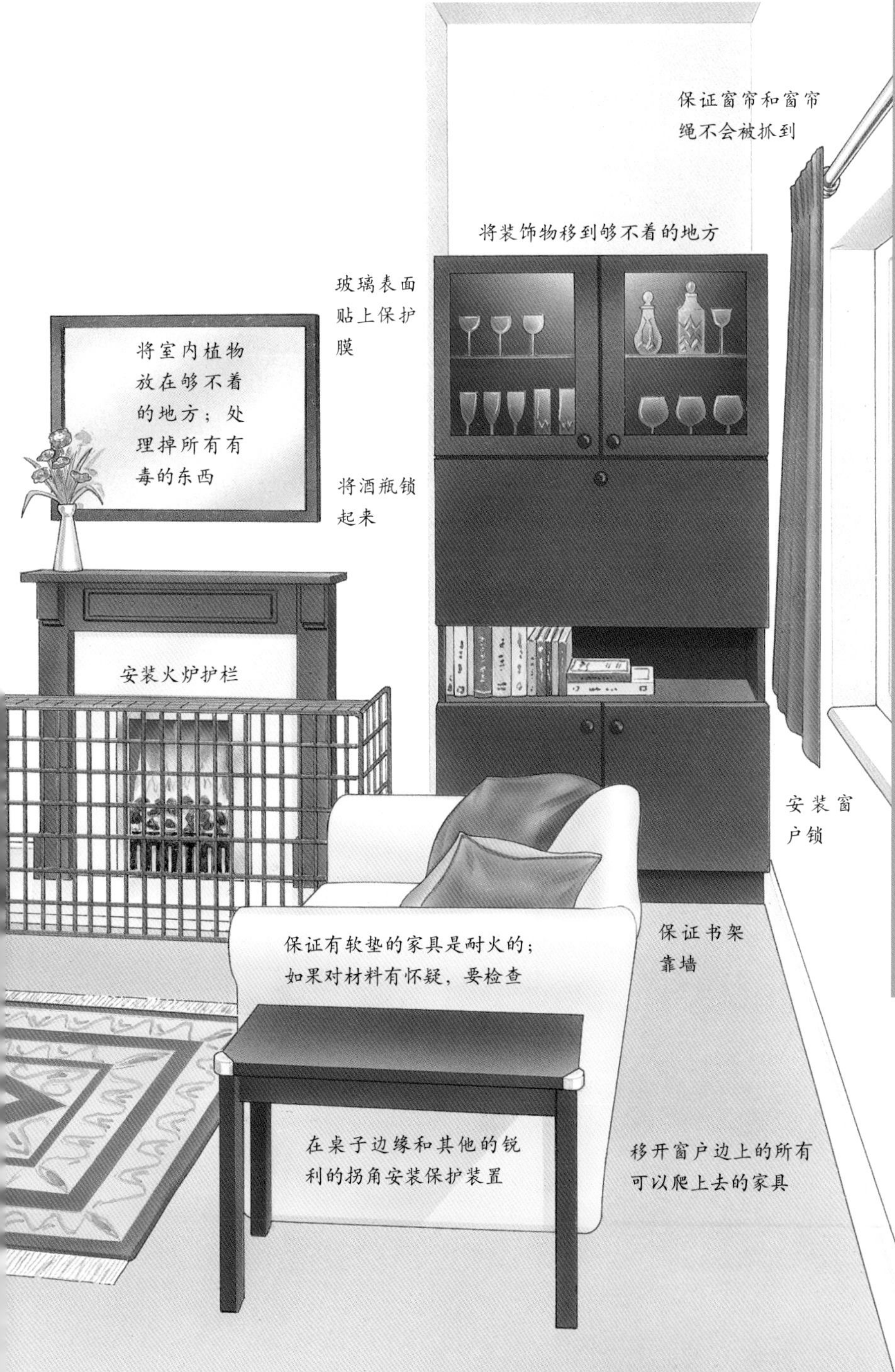

保证窗帘和窗帘
绳不会被抓到

将装饰物移到够不着的地方

玻璃表面
贴上保护
膜

将室内植物
放在够不着
的地方；处
理掉所有有
毒的东西

将酒瓶锁
起来

安装火炉护栏

安装窗
户锁

保证有软垫的家具是耐火的；
如果对材料有怀疑，要检查

保证书架
靠墙

4

在桌子边缘和其他的锐
利的拐角安装保护装置

移开窗户边上的所有
可以爬上去的家具

■安装插座盖
■遮蔽暖气管
■在玻璃门上安装安全玻璃

厨房和浴室的安全性

　　也许家里最具危险性的两个房间是厨房和浴室：装着刀具、化学试剂和药品的抽屉和橱柜会吸引宝宝的注意，一些设备和橱子可以爬进去，有许多热源会烫伤他，还有许多水。两个简单的预防措施将会避免许多事故的发生。首先，将开水器恒温箱下调至50℃左右。降低水温可以避免造成严重烫伤。同时，只要有机会就教宝宝"烫、不要碰"这些词的意义。第二个方法是盆子里的水一用完就倒掉：哪怕只有2.5cm深的水也可能会淹死一个宝宝。

浴室

■绝不把孩子单独留在浴室里
■不要在浴室里使用任何电器
■遮蔽暖气管

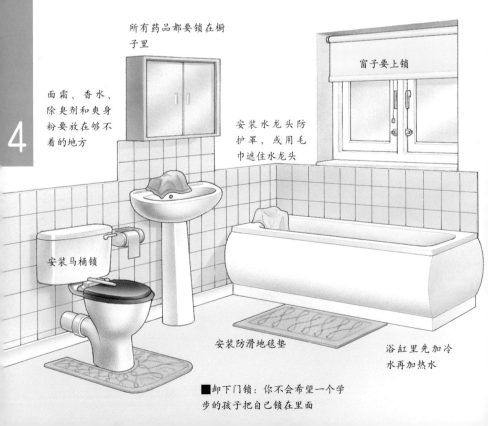

所有药品都要锁在橱子里

窗子要上锁

面霜、香水、除臭剂和爽身粉要放在够不着的地方

安装水龙头防护罩，或用毛巾遮住水龙头

安装马桶锁

安装防滑地毯垫

浴缸里先加冷水再加热水

■卸下门锁：你不会希望一个学步的孩子把自己锁在里面

4

厨房

■不要在带着孩子时端热水
■不要将宝宝放在操作台上：用具的振动可能会使宝宝从平台上滑下来
■装刀具的抽屉要上锁，并且刀尖要朝下

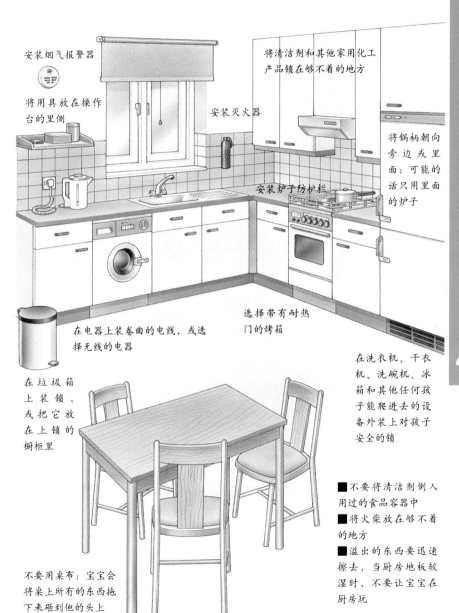

安装烟气报警器

将用具放在操作台的里侧

将清洁剂和其他家用化工产品锁在够不着的地方

安装灭火器

将锅柄朝向旁边或里面；可能的话只用里面的炉子

安装炉子防护栏

在电器上装卷曲的电线，或选择无线的电器

选择带有耐热门的烤箱

在垃圾箱上装锁，或把它放在上锁的橱柜里

在洗衣机、干衣机、洗碗机、冰箱和其他任何孩子能爬进去的设备外装上对孩子安全的锁

4

■不要将清洁剂倒入用过的食品容器中
■将火柴放在够不着的地方
■溢出的东西要迅速擦去，当厨房地板较湿时，不要让宝宝在厨房玩

不要用桌布：宝宝会将桌上所有的东西拖下来砸到他的头上

花园的安全性

多数花园的危险性都比室内的小一些，但即使这样，宝宝或小孩子在室外玩时都要有人看护。要注意的主要是有水的地方，不管是池塘还是水池，还有宝宝会试着放进嘴里的东西。几乎所有的小孩子在某个时期都会吃一些脏东西，虽然多数没有什么危险，但你要尽可能早地阻止这种行为。虽然你的花园可能相对安全，但不能保证地上的泥土里没有狗的粪便、隐藏的生锈的易拉罐拉环或碎玻璃。

当你带孩子到花园里时，告诉他不要在秋千附近跑或爬上滑坡。

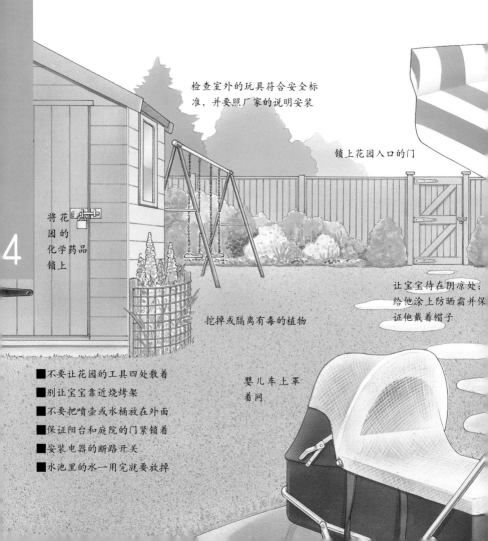

检查室外的玩具符合安全标准，并要照厂家的说明安装

锁上花园入口的门

将花园的化学药品锁上

4

让宝宝待在阴凉处；给他涂上防晒霜并保证他戴着帽子

挖掉或隔离有毒的植物

■不要让花园的工具四处散着
■别让宝宝靠近烧烤架
■不要把喷壶或水桶放在外面
■保证阳台和庭院的门紧锁着
■安装电器的断路开关
■水池里的水一用完就要放掉

婴儿车上罩着网

告诉孩子不要吃花园里的任何东西：即使是自家种的水果也要先洗后再吃

用栅栏隔开水池并安装一扇自动关闭的门

给池塘盖上牢固的钢丝网

有毒的植物

以下所列的植物并不是每个部分都有毒，但如果可能，最好将它们从你的房子里或花园中清除。如果不能，告诉你的孩子不要走近它们。当外出时对所有的植物都要小心。随便摘野花是一种冒险的行为。

■乌头

■贝母

■杜鹃花/北美杜鹃

■麦仙翁

■水仙花

■瑞香

■颠茄

■花叶万年青

■洋地黄

■山黧豆属

■冬青树

■风信花

■八仙花

■蝴蝶花

■常春藤

■紫杉

■冬珊瑚

■金链花

■翠雀

■铃兰

■槲寄生

■牵牛花

■山月桂

■夹竹桃

■喜林芋

■女贞

■油菜

■大黄

■香豌豆

■紫藤

有些植物的叶子会引起许多人的变态反应（过敏）。这些植物包括：荨麻、豕草、毒叶藤和樱草属。

4

小汽车的安全性

　　当你开车带宝宝出去时，按规定他必须被限制在适合于他的体重和年龄的汽车座位里。汽车座位可以使宝宝受伤的危险差不多降低三分之二。在这方面不能太节俭。一张二手的座位可能已经被碰撞过，而你却不能察觉到：即使是轻微的碰撞也会使座位受到损伤。买一张新的，并让专业人员安装，除非你确定自己可以做好。

　　如果其他人要用他们的车带你的宝宝出去，就把你的座位给他们。如果你要租一辆车，事先检查是否有宝宝的座位，如果没有，用你自己的（你最好在任何情况下都用自己的，因为你无法知道租用的座位已被碰撞过几次）。有的航空公司更喜欢你带宝宝上飞机时用汽车座位。

4

阶段1

这些座位适用于从宝宝出生到10kg重或约9个月大。不要把座位放置于安装有乘客安全气囊的汽车前座上

半躺的姿势使宝宝易于入睡

检查是否有对侧面冲击的良好保护，以及宝宝的头部有舒适的软垫

面向后方设计（用于固定在前排座位的背面）：在受到冲撞时减轻挥鞭样损伤

宝宝不用成人的安全带，应该有肩保险带

支撑手柄应有两个，这样即使在宝宝睡着的时候也可以把他从车上搬出来

检查肩保险带是否用一只手也能容易地脱出，以对付紧急情况

阶段2

这些座位适用于9—18kg重，从大约9个月到4岁
的宝宝
它们用成人的座椅安全带固定

检查椅罩是可以脱下来并且耐洗的，这 ———
样易于清洁（尤其是孩子容易晕车时）

宝宝应有有别于成人安
全带的肩保险带

确保宝宝不能自己松开
保险扣，但在紧急情况 ———
下你却可以方便地松开

检查密实结 ———
构，有舒适的
良好衬垫

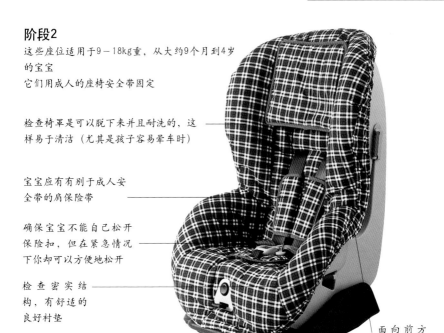

面向前方
的椅子使宝宝能看
见更多的东西

使旅行更方便

■如果你单独与宝宝旅行，让他坐在前排，面朝后，这样你就可以
更好地照看他；如果他坐在后排，面朝前，可另外安装一面镜子，
这样既不会让你分心，又可以很容易地看见宝宝。

■当宝宝睡着的时候尽量多行驶一段路；在他睡觉或打盹时安排长
的旅程。

■如果你的汽车后排要坐三个孩子，安装上可以系肩保险带的保险
杆；光有安全腰带是不够安全的。

■一个专用的加衬垫的枕头可以使你的宝宝更舒适。

■保证车上没有受到冲撞后会"飞"起来的东西：即使在后台上的
一盒纸巾也可能会使宝宝的头部受到碰击。

■如果你要为早产的婴儿或有特殊需要的孩子准备一张汽车座位，
可以与相关部门联系。

4

宝宝和动物

你的宠物可能喜欢宝宝，而
且即使它们不喜欢，你可以训练
它们对待宝宝的规则。但你要小
心别人的宠物。当你们出去时，
让宝宝远离狗和猫。主人可能会
向你保证他的狗不会咬人或他的
猫不会抓人，但狗可能从没遇见
试图亲它的宝宝，猫可能不习惯
自己的尾巴被拖住。猫和狗的排
泄物对孩子都是有害的。

婴儿车和背带

你的宝宝不喜欢只坐在汽车里外出，因此应优先考虑一些其他的交通工具。大多数父母亲并没有预算，也没有空间存放传统的婴儿车，虽然这可能对宝宝最舒适，而且很耐用。今天更流行的选择是托车，当宝宝小时，可以安装上摇床，当他大一些时，可以安装上折叠式婴儿车用椅座。如果你只选择折叠式婴儿车，要优先选择平躺式的。

如果你有双胞胎或年龄相近的两个孩子，可以选择双人车，要了解这方面的选购信息可以查看当地的报纸。

带在你胸前或背后的背带适用于短时间的外出，尤其是当你乘坐公共交通工具时很适用，因为这可免去折叠或携带折叠式手推婴儿车的麻烦。在你的宝宝约6个月大之前，胸前背带是最好的，当他能够控制头和脖子时可以背在你的背上。当你背着他时，你会传给他许多你身体的热量。天气寒冷或出太阳时，宝宝的头要戴上帽子。不要给宝宝穿太多衣服。你的身体是热的，他可能也很热，所以要经常摸摸他的脖子，如果太热了就脱掉一件衣服。

胸前的背带或吊带

良好的头部支撑

内部开口可以小心哺乳

宽带子更舒适

耐洗的布

容易穿上并脱下的带子

背后的背带

■背后的背带必须易于穿和脱

耐洗的布

良好的头部支撑，不会限制宝宝的视野

结实的框架和坚固的结构

足够的伸脚空间

外出

■若马路上停有汽车，不要在汽车之间穿过马路：司机能看见你，但可能看不见手推车。

■将婴儿车停在路边直到你准备好过马路。

■要在人行道上走，并遵守交通规则。

■记住婴儿车里的宝宝是处于汽车排气管的水平：尽量减少他暴露于汽油烟气的机会。

婴儿车和折叠式手推车

■检查是否使用方便：折叠式手推车是否需要折叠后才能放进汽车里？是否需要轻些以搬上楼？

宝宝应有安全护带

选择平躺式的

把手应处于适合的高度。不要将所买的东西挂在把手上：重的包裹会翻倒婴儿车

4

■检查床垫安全且正合适

刹车要灵

附加设备应包括：遮阳罩、防水罩、购物托盘、猫网

转轮易于灵活操纵

摇篮的安全性

如果你买新的摇篮，检查是否带相关批准号码。摇篮和床垫要一起买，以保证床垫正合适。如果买二手摇篮，要检查表面是否光滑未破损；如果怀疑油漆会脱落（旧的油漆可能含铅），可将其剥脱，重新油漆。如果可能，要买新床垫：二手床垫与摇篮死有关（见下文）。摇篮应离开地板，这样能使空气流通。保证摇篮各支点应在一个水平面上。如果宝宝不在你的房间睡觉，应检查你是否能在每个房间均可听到他的哭声。如果不能，就要购买监听器。

一旦你的宝宝能站，要注意摇篮的位置。检查他是否能够到窗帘或窗帘绳、电灯线、墙上的画以及你不让他在摇篮里玩的玩具或器械。万一他从摇篮里摔出来，要保证他不会受到伤害，诸如撞到柜子的尖角。

婴儿猝死综合征

摇篮死，或婴儿猝死综合征(SIDS)，是在出生后头一年中表面上健康的宝宝发生无法解释的死亡。多数摇篮死的宝宝是2－4个月大，且多数发生在冬季的夜晚。尽管进行了大量的研究，SIDS的原因仍未完全弄清楚，但有一些措施似乎可以降低它的发生率。

■让宝宝仰卧着睡：这使英国一年中摇篮死的发生率下降了50%。

■不要抽烟，也不允许其他人在宝宝附近抽烟（更不要在房间里抽）。

■保证宝宝不会太热。

■让他睡在摇篮床尾端，这样他就不会被压在被子下，也可以防止过热。

■不要用枕头或羽绒被。不要用羊毛毯子，或在床垫上铺毛茸茸的毯子。

■母乳喂养：母乳喂养的宝宝摇篮死的发生率似乎比较低。

如果你的宝宝有摇篮死的危险（如果你曾经因此失去一个宝宝，或如果你的宝宝曾一次或几次"呼吸停止"发作），你的医生或健康访视员可能建议你用呼吸暂停监视器，它可以发现宝宝停止呼吸。这并不能保证你的宝宝安全了，但这使你能够及时发现宝宝呼吸暂停，使他复苏。心肺复苏训练是一项至关重要的训练。

虽然摇篮死对于家庭是一个悲剧，但其发生是罕见的。不要让恐惧占据宝宝出生后宝贵的头几个月时间。

室温

过热会显著增加摇篮死的危险。宝宝睡觉的房间室温应在16－20℃之间。

■防止宝宝碰伤的缓冲垫会使热量不易散发，从而导致过热；如果你使用了缓冲垫，要确保宝宝的手指够不着固定缓冲垫的系绳

摇篮和床垫

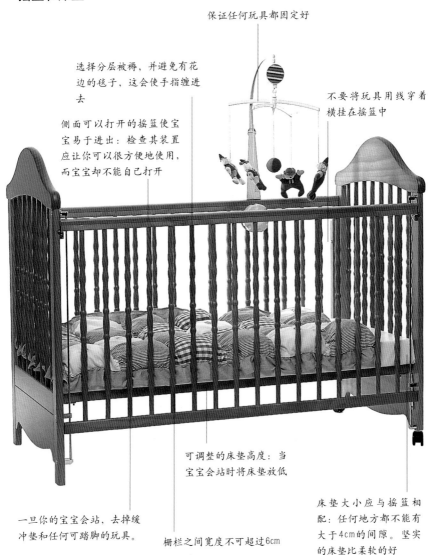

保证任何玩具都固定好

选择分层被褥，并避免有花边的毯子，这会使手指缠进去

不要将玩具用线穿着横挂在摇篮中

侧面可以打开的摇篮使宝宝易于进出：检查其装置应让你可以很方便地使用，而宝宝却不能自己打开

4

可调整的床垫高度：当宝宝会站时将床垫放低

一旦你的宝宝会站，去掉缓冲垫和任何可踏脚的玩具。

栅栏之间宽度不可超过6cm

床垫大小应与摇篮相配：任何地方都不能有大于4cm的间隙。坚实的床垫比柔软的好

玩具的安全性

　　尽管许多玩具都有安全警告、质量标志，而且父母亲对玩具安全性的认识有了普遍提高，但玩具仍然是婴儿和儿童发生意外的主要原因之一。在你买任何玩具之前（或给你的宝宝玩具礼物之前），检查是否有GB标记。

　　如果你买二手玩具，尽量买原包装的；如果不是，要检查是否有安全标记。如有怀疑，就不要购买（或先搁置起来直到宝宝长大，而且你确定玩具对他是安全的的时候）。玩具给宝宝之前要先去除塑料包装。

　　自制的柔软玩具是很好的礼物，但需要仔细检查：眼睛要钉牢，发带和胡须应缝在适当的位置，布料和填充物应是无毒的。带有小金属片和其他缝有精致饰物如小花或蝴蝶结的玩具应先搁置起来。

柔软的玩具和布书应是可洗
的：宝宝会将它们放进嘴里、
扔在地板上、丢在花园里，也可能会被食物和
吐出的奶弄脏。如果玩具不能在洗衣机里洗，你可以用塑料袋装好，
放在冰箱冷冻室里24小时，以消灭细菌

4

检查玩具的材料及做工。小宝宝们什么都爱"咬"：如果你不想让他把玩具送进嘴里，就不要给他。要保证玩具的表面光滑，没有塑料结节或木头碎片

如果你允许他玩气球，要保证气球一破掉或开始泄气就扔掉（你也可以自己把它弄破）。损坏的橡胶有导致窒息的危险

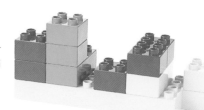

检查包装盒上的适用年龄。这能帮助你选择既适合于宝宝，又安全的玩具。有些玩具的警告写得很明白，比如警告玩具不适合于36个月以下的孩子

大噪声会破坏娇嫩的鼓膜。选择声音柔和的玩具，而且可能的话可将音量减小

制作玩具检测器：在一张纸片上剪一个与宝宝张开的嘴一样大的洞。如果玩具可通过这个洞，就有潜在的危险

长于15cm的线或绳子有勒死孩子的危险。系在摇篮的栅栏或童车上的玩具应用塑料架固定。不要在橡皮奶嘴上系绳子

不要购买需要使用纽扣电池的玩具：这对小孩子可能造成的严重危险（如果你的孩子吞进电池，应将他立即送往最近的急救部门）。应选择可让他充分发挥想象力的柔软的玩具

观察玩具的结构：如果它看上去经不起被咬、扔、拖和踩，就不要给宝宝玩

婴儿学步车

4

　　为不能四处移动而烦恼的宝宝可能会喜欢学步车带给他的自由。但是学步车是引起孩子事故的最大原因之一；它可能减缓而不是加快学走路的速度，而且，如果宝宝在学步车里待的时间太长，可能使脚踝永久性地受到损伤。有的儿科医生认为根本不应使用学步车。如果你买了学步车，要注意以下几点：

■ 只能在水平面上使用。仅2.5cm的斜面也可能使它翻倒。要隔离开楼梯，保证门是关的，而且保证桌角有保护。

■检查地板上没有障碍物；移开地毯，因为骑上去时会使其卷在一起。

■检查学步车的稳固性；一个强壮的孩子会将车推撞到家具上，使其翻倒。

■选择有灵活活动盘的，这样宝宝可以往四处行驶。

■不要让宝宝在学步车上待太长时间：当他累的时候不能坐下。

■不要让宝宝单独留在学步车里。

■当他可以用其他方式移动时，就不要用学步车。学步车会使宝宝对真正学走路产生惰性。

陌生人的危险性

　　宝宝是引人注目的：当你推着婴儿车逛商店或沿街行走时，你的宝宝不可能不受到别人的注目和议论。虽然你会觉得这是对你们的干扰，但是这种对宝宝的兴趣是无害的，尤其当他还小时，你的宝宝喜欢成为被关注的中心。然而，当他8或9个月大时，很可能对陌生人（除了妈妈、爸爸、兄弟姐妹或日常照顾者以外的任何人）十分警惕。如果你不小题大做——而且如果能劝奶奶不要为她不再能逗宝宝开心而生气——这个阶段会很快过去。

　　不论怎样，宝宝对陌生人的警惕性总是不如你自己高。不少父母也许已经注意到了一些涉及儿童的事件，如宝宝被拐、学步孩子走失、儿童受到性侵害等。虽然这些事件发生的可能性极小，但一旦发生在你身上，你也许会难以忍受。采取一些简单的预防措施会使此类事件的发生率更为减少。

外出时的安全意识

■随时都要将宝宝带在身边：如果你不能将手推婴儿车带进商店或其他建筑，就把宝宝抱出婴儿车，或去其他地方。

■将宝宝交给任何人时都要检查他的证件，包括超市或休闲中心托儿所的人。要检查这些机构的安全措施。

■如果你刚学步的孩子想走路，用绳子或幼儿学步带将他拴在你身边。他也许不满这种约束他的自由的行为，但在购物中心很容易走失小孩。与其当孩子与你的距离超过一定程度时警告他，不如牵着他的手。

■相信你的判断。如果你对一个人或某种情况感到不对劲，就及时离开或寻找帮助。

■对任何打电话要见宝宝的人都要坚持看他的身份证明，不管他多么能说会道。

■如果你、你的爱人或其他你所认识的成年人（如正式的保姆）不在时，不要允许任何人把宝宝带到任何地方。

■如果你在外出购物时丢了宝宝，让人马上打电话给安全中心：多数购物中心有录像监视系统，可以立即找到孩子。你盲目跑去找他的每一分钟都是在浪费时间。

■尽可能早地教你的孩子，但不要吓唬他：不要一个人走开，如果有人试图劝他跟他们去任何地方，要大声呼叫。

■确保你房子的周围是安全的。

照顾生病的宝宝

几乎所有的宝宝在出生后的几个月里都会生病。这部分是由于他们对感染几乎没有免疫力：他们的免疫力来自于你。你要采取一些预防措施——比如避免与咳嗽或感冒的人接触——但还有许多小病不可能都防止。确保给他正常喂奶并对常见传染病进行预防接种，可以增强宝宝抗感染的能力。而且当他生病时，要安慰他。多数医生会抽空来看生病的宝宝，但你事先要打电话告诉他们宝宝的症状及何时出现这些症状。

5

量体温

父母亲通过触摸宝宝的前额（手摸或亲吻），通常可以准确地察觉宝宝的体温是否上升（除非当宝宝穿得太多时，他的身上摸起来会很热，但测直肠温度会发现他并没有发烧）。尽管如此，用体温计还是很重要的，可以证实你的触摸，观察服药后是否退热，或检查宝宝的病情是否有发展。用口腔温度计测宝宝的体温是不安全的，除非宝宝长到4岁左右，懂得不能咬体温计——汞有毒。在4岁之前，不得不用其他方法。腋下温度最易测量，而且在多数情况下其结果足够准确。直肠温度更精确，但许多父母不喜欢测直肠温度。体温带是最不准确的方法，但方便快捷，且能证实你的触摸。结果最可靠的是新研制的鼓膜温度计，可以迅速测出鼓膜的温度。这种温度计在医院里已经广泛应用，但相对较贵，因而不是父母亲的首选。

使用体温带

1 让宝宝坐在你的膝上，把体温带按在他前额的中间。

2 食指按在两端，至少固定1分钟。

5

正常体温

宝宝的体温随着测量部位的改变而改变。

直肠	37.6°C
口腔	37°C
腋下	36.4°C

测量直肠温度

1 用凡士林润滑体温计的末端。让宝宝仰面躺着，抓住他的两只脚踝（就像要给他换尿布一样）。

2 体温计插入直肠约1.25－2.5cm。至少要保持1分钟，因此当你等着读数时要试着分散他的注意力——如果在他的上方有一串风铃，可以和他玩，或给他一个柔软的玩具，或对他说话或唱歌。

注意：许多医生反对父母亲给宝宝测量直肠温度，因为如果体温计的顶端没有经过润滑，宝宝可能会受伤。测量腋下温度（见下文）通常就足够准确了。

何时打电话给医生

体温上升并不总表示宝宝生病了。但是，尤其是有伴随其他症状时，应密切观察，并通知医生。如果宝宝体温上升（超过38℃）以及在下列任何情况时要给医生打电话。

■年龄小于3个月　　　　　■常常昏睡

■呕吐或腹泻　　　　　　　■不吃东西

■没有明显原因地哭闹或呻吟

你对于宝宝的状况可以作出最准确的判断：如果你觉得他似乎有病，可以打电话给医生。多数医生会很快赶来看宝宝。

测量腋下温度

1 在你开始测体温前让宝宝安静下来：长时间的哭闹会使体温上升。甩一甩体温计让水银柱降下来。

2 脱下宝宝的衣服，用毛巾裹着他，让他坐在你的膝上，并擦干他的腋窝。

3 将温度计滑入他的腋窝，把他的手臂平贴在他的侧面。要保持三分钟，所以选择一件可以长时间地吸引他注意力的事情做，如唱歌或看书。

5

给药

在宝宝出生后的大约一年时间里，你可能要用两种类型的药：液体或悬浮液和滴剂。多数解热镇痛剂和抗生素是液体；滴剂是用来缓解鼻塞（这会使小宝宝吸奶困难）、耳炎以及眼睛疼痛或分泌物增多。有时，如果一个人抱着宝宝，另一个人给他滴眼睛或耳朵会更容易些，但是宝宝身边常常不会同时有两个人。要练习使用滴管，这样你就知道滴出一滴药水要用多大的压力。

作为测量工具，勺子不如注射器准确。而且使用勺子时，你会把药放在宝宝嘴的前半部，这儿是味蕾集中的地方，他会觉得很苦，而把药吐出来。而注射器可使你把药喂进嘴的后面（不要太靠后，那样会使他呕吐）或放进他嘴的一侧，在牙龈和面颊之间。

滴眼剂

1 让宝宝躺在床上或地板上，使患眼离你最远。用你的手臂或身体挡住他的手臂。

2 把他的下眼睑拉下，让药水滴进眼睛。滴管不要碰到眼睛。

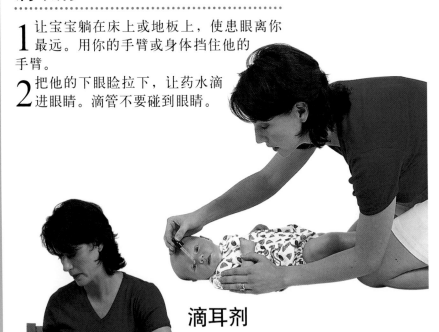

滴耳剂

1 让宝宝侧躺着，患耳朝最上方。

2 保证你能看见耳道（如果看不见，把耳朵轻轻拉着），然后挤进药水。

安全准则

■如果你是买非处方药，要告诉药剂师宝宝的年龄、体重和症状，以及是否因其他疾病在按时服药。在宝宝小于3个月时只能在医生的指导下买非处方药。

■总要与医生或药剂师核对药物的剂量和服用的时间。在不同时间，以不同间隔给两种药时，这样做尤其重要。

■确定药物是否应服完。抗生素要服完一个疗程。

■药量的测量要准确。

■检查药物是否需要冷藏。

■如果宝宝以前未曾服用过某种药，要注意变态反应(过敏)(比如皮疹或腹泻)。如果你的宝宝有这些症状，打电话给医生或药剂师。

滴鼻剂

1 让宝宝仰面躺着，头往后倾。用你的手臂或身体挡住他的手臂。

2 将药水轻轻挤进鼻孔，两边轮流，尽量从较高处往下滴。

使用带橡皮奶嘴的注射器

1 将橡皮奶嘴放进宝宝的嘴里，就像给他奶瓶那样。

2 当他开始吸时，慢慢地压活塞。

3 轻轻喷出药物，让他有时间吞进去而不会噎着。

使用注射器

1 让宝宝坐在你的膝上。将他的一只手臂藏进你的身体，用你的手臂挡住他的另一只手。

2 张开他的嘴，将注射器对着嘴的后方慢慢地压活塞。不要碰到舌头，这会使他呕吐。

5

常见疾病

几乎所有的宝宝在出生后最初几周里都会有一些小病。有的病会使初为父母的人感到担忧，但只需极小的治疗，或者根本不需要治疗。有的病如果能迅速诊断，很容易治疗，而且除了有一两天要耽搁你回家与宝宝相聚以外，不会有什么更坏的结果。不会造成长期的并发症。

鹅口疮

什么是鹅口疮

鹅口疮长在宝宝的舌头，颊内侧，有时也长在齿龈上，看起来像凝乳状的，但擦不掉：如果被擦去，会留下红色、引起疼痛的斑点。

鹅口疮是由白色念珠菌引起，这是寄生在口腔和阴道的一种常见菌群，通常被其他微生物所抑制。怀孕时激素的改变常常打乱这些菌群之间的平衡，于是就产生了鹅口疮。白色念珠菌常是在分娩时由母亲传染给宝宝的。

虽然这很少引起严重的问题，但对有的宝宝，鹅口疮会造成哺乳困难：如果你给宝宝喂奶时他经常哭，要怀疑是否长鹅口疮。

你可能也被感染：如果你的乳头破裂，喂奶时宝宝的鹅口疮会传染给你。

治疗

医生会开抗真菌的软膏或滴剂治疗宝宝的感染。你也要进行治疗，否则会发生循环感染。

及时给宝宝换尿布也很重要：宝宝的粪便会含有这种真菌，如果长时间与他温暖、潮湿的皮肤接触，会导致肛周的感染（使用抗生素的宝宝尤其易得尿布疹；如果宝宝需要抗生素，就要勤换尿布）。

如果你的乳头被感染，要用抗真菌的软膏治疗。在哺乳后轻轻涂上一点，下次哺乳前擦掉。

阴囊积水

什么是阴囊积水

患阴囊积水的男婴，阴囊中睾丸周围的液体比正常的多。因此，生殖器显得非常肿胀。

治疗

阴囊积水通常在宝宝生后的第一年里恢复正常。但重要的是，医生要确定是阴囊积水——而不是疝气（见右面）——是阴囊肿胀的原因。

5

黄疸

什么是黄疸

约一半的新生儿（尤其是早产儿）常常肝脏功能不足。因此肝脏中被破坏的红细胞的终产物之一胆红素，可能进入血流并且在血液中聚积。这使宝宝的皮肤微带黄色，而且嗜睡，影响哺乳。

治疗

宝宝出生四天后，肝功能开始趋于正常，黄疸通常就消退了。如果没有消退，你的宝宝就要在一个特殊的育婴箱里接受紫外光治疗。这可以改变胆红素的结构，使其绕过肝脏，通过肾脏排泄。你可以让宝宝靠近窗户，晒晒太阳。

腹股沟疝

什么是腹股沟疝

有时，一部分肠管会从腹股沟管（睾丸从这儿降入阴囊）突出。这看起来像一个坚硬的肿块，在宝宝活动或哭的时候更明显（当他睡觉时可能缩回腹腔）。

一种非常罕见的情况是，突出的肠管被腹股沟管的肌肉壁所压迫，形成绞窄。

治疗

修复腹股沟疝要进行一个小手术。

绞窄性疝需要立即治疗。如果肿物变大变硬，或者宝宝呕吐或疼得厉害，要打电话给医生。

脐疝

什么是脐疝

在子宫里，所有的宝宝在腹壁上都有一个开口，通过这儿，血管延伸进入脐带。通常这个开口在出生后自动关闭。但有时不会，肠道会从这儿滑出，将脐带残根或肚脐推出。像腹股沟疝一样，当宝宝哭或疲劳时会更明显，但脐疝不会像腹股沟疝那样发生绞窄。

治疗

大多数脐疝不需要治疗：小的开口通常在出生后头6个月关闭；大的开口在宝宝2岁前会关闭。

5

消化道疾病

　　在出生后约1年里，胃肠疼痛是很常见的。多数消化道疾病很容易治疗，而且常常父母亲比患病的宝宝更难受。以下是最常见的消化道疾病及其处理方法。

腹泻

什么是腹泻

　　虽然对于母乳喂养的宝宝，拉稀便是正常的，但有时父母亲会误以为是腹泻。真正的腹泻有以下特征：

■恶臭的水样稀便。

■（有时）伴随腹痛。

　　不要给宝宝吃止泻药、未稀释的果汁或加糖的饮料。

治疗

■继续母乳喂养或人工喂养。如果他吃固体食物，给他淀粉类食物如婴儿米糊、干面包或捣碎的香蕉。

■给他口服电解质溶液（药房配制的盐和糖的混合液）。

■如果出现下列情况，要通知医生：腹泻持续超过24小时；宝宝伴有呕吐；有脱水的征象（见下文）；粪便中带血。

呕吐

什么是呕吐

　　宝宝呕吐的原因有几种：

■食物不耐症。

■感染。

■喂得过饱。

■肠梗阻。

治疗

■口服电解质溶液。

■少量多次喂母乳或凉开水：每次喂得越少，吸收的可能性越高。

■如果出现下列情况，要通知医生：宝宝吐出的比两餐吃的还多；伴有腹泻；有脱水征象。

脱水

什么是脱水

　　宝宝体液丢失的征象是：

■尿呈深黄色。

■小便稀少。

■眼睛和囟门下陷。

■体重下降超过5%。

■唾液不足，没有眼泪。

治疗

　　向医生咨询。同时继续给宝宝喂母乳或配方奶（少量多次是最好的），给口服电解质溶液。

便秘

什么是便秘

由于每个宝宝肠道排空的频率有很大差异，因此有些宝宝常被怀疑有便秘但实际上并不存在。当宝宝弄脏尿布时会涨红脸是正常的。只有在下列情况下，宝宝才有便秘：

■他排出坚硬结实的粪便，而且排便次数少。

■当他大便时看上去很痛苦。

■他的大便上带有血痕。

便秘在人工喂养的宝宝比母乳喂养的宝宝常见。不要给宝宝吃泻药，除非在医生的指导下。

治疗

■检查你是否正确地配奶：稍微过量的奶粉也可能造成便秘。

■在两次喂奶之间给他喂凉开水。

■如果你的宝宝吃固体食物，要多给他果泥和菜泥。

■给他稀释好的果汁。

■对于大一些的宝宝，限制精制的面包和谷物，而多吃全米的食物。

腹痛

什么是腹痛

两三个月的宝宝约一半都会发生腹痛。征象包括：

■坚硬、膨胀的肚子。

■尖声哭泣，安慰不起作用，几乎总在晚上发生，常常持续几个小时。

■哭的时候腿往肚子上蜷。

■常发生不舒服的情况：他吸了几分钟奶后，拒绝再吸；小睡一会儿，又醒来哭，等等。

腹痛不会引起呕吐、腹泻或体温上升，也不是宝宝晚上哭闹的惟一原因，因此在断定宝宝腹痛之前要检查其他原因。腹痛现象通常在宝宝3个月之后消失。

治疗

试着安慰宝宝；哭的时候吸入空气，这会使他的肚子更痛。揉揉或拍拍他的肚子；抱紧他；给他一些东西吸；摇一摇他，或开车出去兜兜风。知道任何你所做的或没有做的都不会引起他的腹痛，这是很重要的。

5

眼和耳的疾病

婴幼儿单独使用最多的抗生素是治疗耳朵感染的。耳朵感染很常见，这是由宝宝成长过程中，耳朵发育变化的方式决定的。相比之下眼睛的疾病较少发生，但仍有许多儿童患眼病。

粘糊的眼睛

从一只眼或两只眼排出的微黄色的分泌物，在睡觉后会将眼睑粘在一起，这可能是由于泪管阻塞或感染引起的。宝宝的泪管很小，在出生时一个或两个泪管阻塞还是较常见的。

1 在给宝宝擦洗时自己要先洗手。

2 用棉绒醮凉开水给宝宝擦眼睛，从眼的内眦往外擦。每只眼要用一片新的棉绒。

如果产生分泌物的原因是感染（如果分泌物增多伴有眼睛发红和疼痛就更有可能是感染造成的），医生会开眼膏或眼药水清除。如果是因为泪管阻塞，你要等待泪管是否会自然开放（多数在约6个月左右）。有时，医生不得不用细线探通泪腺。

抗生素

抗生素的应用是治疗细菌感染的巨大变革，但是令人担忧的是，许多常见的菌株对多数广泛使用的抗生素产生了耐药性。因此，需要更强的抗生素治疗更长的疗程。据估计，引起中耳炎的细菌中，多达50%对青霉素产生耐药。

■不要要求或接受不必要的抗生素：抗生素不能抵抗病毒感染如感冒。如果在病毒感染后继发细菌感染，就要使用抗生素，但是早期使用并不能预防细菌感染。

■如果宝宝患了中耳炎（见右页），首先应用青霉素的衍生物治疗，这对多数感染有效。广谱抗生素（能抵抗许多不同的细菌）只能作为最后的选择。

■是否要在长达两个月的时间里每日使用小剂量的抗生素以防止耳炎的复发还存在争议。有的专家认为这样可以预防需要更大的剂量才能根除的感染，而且使中耳有时间从感染的损伤中恢复过来。有的则认为这对于远期疗效并没有什么影响。

■总是要保证孩子用完了一个疗程的抗生素，而不能在他感觉好转时就停用（许多孩子对抗生素很快就有反应）。中途停药会促进存活的细菌产生更强的抗药性。

5

斜视

有的宝宝生来就有斜视，更多的新生儿似乎是用一只眼睛看，直到大约三四个月，他们才有能力让两只眼睛协调工作。如果你宝宝的眼睛在三四个月之后还有斜视，要告诉医生。宝宝要通过眼睛认识世界，所以要尽早治疗斜视。

中耳炎

中耳的炎症，称为中耳炎，可能是由于变态反应（过敏），或是由于细菌或病毒的感染引起的。这在婴幼儿是常见病，以下几点是引起中耳炎的原因：

■宝宝的咽鼓管（咽鼓管连接中耳和咽喉）短且呈水平，因此液体和细菌易从咽喉进入耳朵。

■宝宝常患感冒或其他呼吸道的小感染。

■宝宝在大部分时间都是躺着的，所以咽喉的东西很容易到达耳朵。

尤其在患感冒或其他呼吸道疾病后，如果发生以下情况要怀疑中耳炎：

■啼哭不止，且安慰不起作用。

■筋疲力尽地睡着，但如果他动了动，又会醒来哭。

■不愿平躺。

■拉或摩擦耳朵。

耳朵感染可能会引起体温上升，但也可能不会。医生会开抗生素清除感染。如果不治疗，感染会引起鼓膜后液体聚集，而后鼓膜破裂，聚集的液体排出到外耳。虽然宝宝此后会感到好多了，而且鼓膜也会愈合，但最好及时治疗以防止发展到这一步。

反复发作的中耳炎会导致中耳充满浓稠的液体，这种情况称为浆液性中耳炎。聚集的液体会阻止中耳骨的振动，影响宝宝的听力。

下列方法有助于防止中耳炎的复发：

■母乳喂养。

■限制宝宝接触变应原（过敏原）。

■当你给宝宝喂奶时，尽量抱直他。

■如果他感冒了要垫高他的头（在摇篮的床垫下放一个枕头，枕头不要直接放在宝宝的头下）。

多数孩子长大后就不再得中耳炎，这部分是由于当他们长大后，咽鼓管变得狭窄而且开始向下倾斜；他们更多时间是直立的；而且一旦他们过了学龄前阶段就很少感冒。

如果浆液性中耳炎造成孩子听力问题，可能要在中耳安装索环和小管，以排出液体。索环常在9到12个月后自行脱落；有时会在炎症消退前脱落，这样就得重新安装。

5

皮肤病

宝宝的皮肤很少始终是光滑的。他们的皮肤有不成熟的汗腺和皮脂腺，这就使得即使是最健康的宝宝在大约第一年里也会受到一两次较小的刺激。多数情况你们会看得比实际更为严重。

乳痂

头皮的脂溢性皮炎，称为乳痂，是以宝宝头皮表面的油腻的皮屑为特征。轻者皮屑为白色或淡黄色；重者为棕色。罕见的是，皮疹延伸到宝宝的脸部、脖子和臀部。不要试图摘掉皮屑：这样会留下疤痕。乳痂不会影响宝宝的睡眠或喝奶，也不会痒。

1 治疗轻微的乳痂可以用橄榄油、花生油或婴儿用油按摩宝宝的头皮，使皮屑疏松，然后用温和的婴儿洗发水将它们洗去，并彻底冲洗干净。

2 用一只软刷刷宝宝的头皮，以去除疏松的薄片。

3 如果这种治疗无效，医生会开药膏以清除皮屑。

当头皮很热时乳痂会更严重，因此尽量保持宝宝的头部凉爽。乳痂在宝宝1岁之前一般就会消失。

斑点和皮疹

■痱子是红色、隆起的皮疹，常常是宝宝太热的结果。只要宝宝感觉凉爽，皮疹就会消失。在夏天，给宝宝穿轻便、宽松、天然纤维制成的衣服，经常检查他的体温，如果太热，即使他在睡觉也要为他脱掉一件衣服。

■乳样斑或粟粒疹，是宝宝面颊、前额和鼻侧的白色或淡黄色的斑点，是汗腺阻塞所引起的。乳样斑不治疗大约在6周后会消失。不要去摘或挤压它们。

湿疹

湿疹在单纯母乳喂养的宝宝中很少见，有家族变态反应（过敏）史的宝宝较常见。湿疹通常首次出现在约3个月大的人工喂养的宝宝，或母乳喂养的宝宝添加固体食物或配方奶时。湿疹常常在大约18个月之后就不再复发，但约三分之一患过湿疹的宝宝会接着发生其他的变态反应。

湿疹通常开始是出现在面颊、耳后、脖子和手臂的红色皮疹。因为皮疹很痒，宝宝常常会抓，从而引起渗出和结硬皮，还可能发生感染。轻微的湿疹不用治疗就会消失，但通常医生会开药膏治疗。

■剪短宝宝的指甲，如果他抓得厉害，要考虑给他戴上棉手套。

■少洗澡，洗澡会使皮肤干燥，加重症状。洗澡后，要擦上医生开的药膏。

■尽可能避免过热和过冷——尤其是干燥的空气。

■为宝宝选择轻的全棉衣服，用非生物的洗衣粉，并漂洗两遍。

尿布疹

当尿液中的氨与粪便中所含的感染性生物体接触太长时间后，就会刺激皮肤，引起尿布疹。轻微的尿布疹只是皮肤上单纯的红色皮疹；严重一些的会有水疱，可能破裂并渗出液体，导致皮肤发红、发亮并且擦伤。

■让宝宝尽量长时间不用尿布，使皮肤接触空气，加速痊愈。在可替换的垫子上铺一层毛巾，让他踢。

■不要用含酒精的布擦，这会使皮疹更严重。

■经常给宝宝换尿布，在尿布弄脏后要尽快给他换。

■使用可加快尿布疹痊愈的护肤脂。

■避免用肥皂洗宝宝的臀部；布质尿布洗涤时要保证漂洗两遍。

■如果这些措施不能使情况好转，要怀疑白色念珠菌感染或湿疹，并去找医生看。

变态反应

变态反应旧称过敏，是对特殊变应原（过敏原）敏感的人，其免疫系统释放组胺所引起的。变态反应有家族聚集性：如果双亲有变态反应，他们的孩子有60%-80%的机会获得遗传。有些孩子长大后不再发生变态反应，有的则相伴终生。变态反应可能是由于吸入变应原，吃进或喝下含有变应原的食物，或被刺螫或咬伤（见第101页）。变应性休克（见第104页）是对变应原的一种严重反应。变态反应可能显现在身体的某些部位，最常见的是：呼吸道（流鼻涕、呼吸困难），眼睛（流泪、红），胃肠道（呕吐、腹泻、腹痛）及皮肤（很痒的皮疹、皮炎、湿疹）。

预防变态反应

如果家庭中有发生变态反应的倾向，在宝宝1岁前采取预防措施可以减少孩子发生变态反应的机会。

■母乳喂养至少6个月，如果可能，尽量延长。

■至少4个月大时，才添加固体食物；一些会引起变态反应的食物要到至少6个月以后才添加（尽可能延迟）。每次添加一种食物，以查明发生变态反应的原因。

■不要吸烟，或不要把宝宝带到有烟的环境中。

■宝宝和宠物应在不同的房间，或给宠物另外找个家。

■使室内的灰尘达到最少：考虑将地毯换成软木、石头或乙烯基地板；床垫铺上床罩；不用枕头；用60℃的水洗被褥；定期洗柔软的玩具或将玩具装进塑料袋里放进冰箱24小时。

■保持房间良好的通风。

■当空气中花粉量高时要避免种花草。

牛奶不耐症

有的人对牛奶中的蛋白会发生变态反应，而且会发生湿疹。有的人不能消化乳糖——牛奶中的天然糖分。如果发现你的宝宝对牛奶会发生变态反应（包括大部分的婴儿配方食品），你就要给他喂以大豆为基础的配方食品。如果变态反应持续到成人期，而且是对牛奶中的蛋白发生变态反应，可以喝山羊或绵羊奶（这两种奶都含有乳糖）。但这些奶对婴儿的来说营养不足。

常见的变应原

■食物：牛奶、小麦、蛋类、柑橘类水果、鱼、坚果、食品添加剂和着色剂。

■花粉：草、花、树。

■动物毛皮或羽毛。

■灰尘。

■霉菌。

5

哮喘

哮喘可以由变应原或病毒引发。哮喘的症状包括呼吸短促、咳嗽和喘鸣。在发作时，支气管（进入肺部的气道）壁的肌肉收缩，支气管壁自身肿胀，当孩子呼吸时，就产生喘鸣。支气管内膜的炎症使其产生比正常时更多的粘液，这也会阻碍呼吸。

哮喘是很常见的，7个孩子中就有一个患有哮喘，虽然病情严重的不足1%。男孩和女孩发病率相等。超过一半的孩子长大后不再发生（哮喘并不是孩子喘鸣的惟一原因，在医生检查之前不能随意假定孩子所患的就是哮喘）。

预防哮喘

释放入体内的组胺会刺激支气管收缩。因为组胺的释放是对变应原的反应，限制暴露于变应原是控制哮喘的首要条件。潜在的变应原包括：

■灰尘和花粉。
■宠物的皮毛。
■烟。
■食物或饮料，尤其是乳制品。
■温度或湿度的变化也会引起一些人哮喘发作。
■感染：在首发征象出现时就要治疗。

治疗哮喘

哮喘的发作时间在一个半小时到数小时之间。最有效的治疗是吸入可以扩张气道并能抑制粘液腺分泌的药物。

1 哮喘首次发作时，要打电话给医生或带孩子上医院。试着帮助孩子放松，并让他处于舒适的体位，帮助他呼吸。

2 当发作过去时，与医生讨论下一步方案。他可能会建议逐步停止某种食物，或使房间里的粉尘螨最大限度地减少的方法。

3 你要掌握帮助你的孩子使用吸入器的方法。在他们开始上学时，多数孩子都会熟练使用吸入器，通常要给他们带上备用的吸入器。

5

发热

发热是身体对感染的一种反应。当病毒或细菌进入体内时，体内会产生一种激素"告诉"身体升高体温以抵御入侵者。体温的升高常导致颤抖，这使体温还会继续上升。

对大多数婴幼儿，体温升高并不真的有病。但有一个临界点——每个孩子不同——这时体温的升高开始变得危险，而且孩子不能承受。有的孩子只是显得烦躁或哭闹；有的可能发生惊厥（见第104页）。曾经因发热而惊厥的孩子有40%的机会复发。

发热的征象

■体温升高（见第78－79页）。

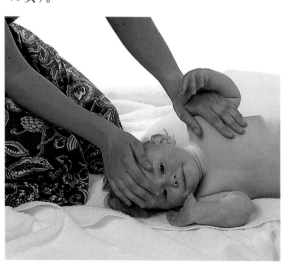

■当你碰他时，他的反应过度，比如最轻柔的触摸也会使他哭得厉害。

■他可能在睡觉时说胡话。

■他可能呕吐。

■他可能显得迷糊（这在大一些的孩子更明显），父母亲通常会发现他们的宝宝有些反常。

治疗发热

轻度的体温升高通常不必惊慌。这多数是由病毒感染引起，而且能自愈。多数医生在体温上升到38℃之前不主张使用退烧药，有的还要更高。但是，如果你的宝宝明显难受，可以给他服用婴儿用的扑热息痛。

如果发热是细菌感染引起，就要使用抗生素。这可以清除感染，同时降低宝宝的体温。

■让宝宝保持凉爽。给他穿轻质天然纤维的衣服。如果他不太难受，用温水给他擦拭。

5

■给宝宝充足的液体。如果宝宝在喝奶，继续给他喂母乳或牛奶；也给他喂凉开水或稀释的果汁。少量多次比较好。

■只能在医生的建议下给药；不要给孩子服阿司匹林。

■如果你很担心，就打电话给医生或上医院（见第79页）。

咳嗽和感冒

你的宝宝越喜欢与人交往，他患咳嗽和感冒的机会越多，但宝宝打喷嚏并不都是感冒的征象。小宝宝的鼻孔常受到大人们不以为然的物质的刺激，例如房间的灰尘，而且打喷嚏可能是宝宝清洁鼻子的方法。

多数感冒是不太严重的，虽然可能很难受。

■如果你的宝宝呼吸和吸吮有困难，请医生开滴鼻剂。

■如果他在夜间呼吸困难，用枕头加高床垫。

■要求医生开缩血管剂。

■如果嘴唇和鼻周皮肤皲裂，可以涂一些凡士林。

■不要用直销的咳嗽药或缩血管剂，除非在医生的推荐下。

■多给他喝凉开水：奶可能增加粘液的产生，所以如果他不愿意喝就不要强迫他。

脑膜炎

脑膜炎是包绕大脑的那一层组织发生炎症，既可以由细菌引起，也可以由病毒感染引起。病毒性脑膜炎不太严重，细菌性的则可能致命。因为发热是脑膜炎的典型症状之一，如果宝宝高热，很自然地要想到可能是这个病。除了发热，脑膜炎的征象还有：

■咽喉和鼻孔疼痛。

■皮疹。

■呕吐。

■头痛和颈部疼痛。

■（婴儿）囟门肿胀。

■视神经肿胀，导致怕光。

■疲乏：孩子可能不能走路，或走路迟缓。

如果你怀疑是脑膜炎，马上打电话给医生或送孩子上医院。

5

免疫

宝宝生来就对某些感染有免疫力，这是他在子宫里时由母亲授予的；母乳喂养能将这个免疫力维持几周，但在一个月后就逐渐减少。因此，多数宝宝对曾经流行的疾病有免疫力。这些疾病中有的可以致命，有的会引起持久性的大脑和器官的损伤（这些疾病现在很罕见的原因是许多孩子已经得到了免疫；一些疫苗如痘苗不再需要接种，因为天花已在全球范围内根除）。

一些父母亲担心百白破（百日咳、白喉、破伤风）疫苗中的百日咳疫苗会造成孩子的大脑受伤害，所以干脆拒绝给他们的孩子接种这种疫苗。然而，还没有确切的证据证实百日咳疫苗会造成这种伤害。

何时不能进行免疫

■如果你的宝宝对初次免疫有严重反应。大多数宝宝有轻微反应，通常是体温上升持续24小时，在注射部位可能有疼痛或发红（常常是由于宝宝在注射时肌肉紧张所致）。服婴儿用扑热息痛可以缓解上述症状。宝宝长时间的哭泣或伴随高热（超过38.8℃）可能说明有不良反应。

■对蛋会发生变态反应（过敏）的孩子不能接种麻疹-腮腺炎-风疹疫苗。

■患恶性疾病如癌症的孩子，不能接种疫苗。

推迟免疫

进行接种的医生可能会更换，但疫苗接种多数不会推迟，除非有充分的理由。如果有以下情况，可以考虑暂不进行免疫接种：

■你的宝宝有轻微感冒。

■有家族变态反应（过敏）史。

■对免疫接种有家族副作用史。

■你的宝宝是早产儿。

■你的宝宝已经感染过其中一种疾病。

■你的宝宝正在使用抗生素。

替代方案

在英国，有的父母选择不给他们的孩子免疫；有的希望给他们进行顺势疗法替代免疫接种。但是，并没有安全的替代免疫接种的方法。

5

年龄	免疫接种	接种方法
新生儿	乙肝疫苗	出生后24小时内注射第一针，间隔一个月第二针（母亲HbsAg阳性者3-5年后加强）
	卡介苗	初种，注射，出生后尽早接种
2足月	脊髓灰质炎三价混合疫苗	全程三次第一次，口服
3足月	脊髓灰质炎三价混合疫苗 百白破疫苗	第二次，口服 全程三次第一次，注射
4足月	脊髓灰质炎三价混合疫苗 百白破疫苗	第三次，口服 第二次，注射
5足月	百白破疫苗	第三次，注射
6足月	乙肝疫苗 乙脑疫苗	第三次，注射 初种2针，注射，间隔7-10天
8足月	麻疹疫苗	第一次，注射
12足月	流脑多糖疫苗	第一次，注射
1.5-2岁	百白破疫苗 乙脑疫苗	加强，注射 2岁加强，注射
4岁	脊髓灰质炎三价混合疫苗 流脑多糖疫苗	加强，口服 加强，注射
6岁	乙脑疫苗	加强，注射
7岁	卡介苗 白破疫苗 麻疹疫苗 流脑多糖疫苗	第二次，注射 加强，注射 第二次，注射 加强，注射
10岁	乙脑疫苗 流脑多糖疫苗	加强，注射 加强，注射

5

（译者注：本表已按中国大陆地区儿童预防接种程序修改）

接种记录

本页是你的孩子接受免疫接种，以及你所观察到的任何反应的备忘录，也可以记录你的孩子出国旅行时所接受的特殊免疫。在旅行之前要与医生商量需要进行何种免疫接种。

免疫接种	接种时间	医生	反应
乙肝疫苗（第一次）			
乙肝疫苗（第二次）			
卡介苗（初种）			
脊髓灰质炎三价混合疫苗（第一次）			
脊髓灰质炎三价混合疫苗（第二次）			
百白破疫苗（第一次）			
脊髓灰质炎三价混合疫苗（第三次）			
百白破疫苗（第二次）			
百白破疫苗（第三次）			
乙肝疫苗（第三次）			
乙脑疫苗（初种2次第一次）			
乙脑疫苗（初种2次第二次）			
麻疹疫苗（第一次）			
流脑多糖疫苗（第一次）			
百白破疫苗（加强）			
乙脑疫苗（加强）			
脊髓灰质炎三价混合疫苗（加强）			
流脑多糖疫苗（加强）			
乙脑疫苗（加强）			
卡介苗（第二次）			
白破疫苗（加强）			
麻疹疫苗（第二次）			
流脑多糖疫苗（加强）			
乙脑疫苗（加强）			
流脑多糖疫苗（加强）			

5

宝宝的急救

多数父母亲从未遇到过需要紧急救护自己孩子的事情，如将孩子从冰冻的水池里救出或试图将哽住孩子的东西取出来。但是每一个父母亲都应该知道万一发生紧急情况应怎么做。书本知识并不能替代急救过程。如果你在书中找不到急救常识，可以买相关影像资料，看几遍就知道怎么做了。虽然出现紧急情况时及时救助可以挽救生命，但如果你不知该如何救助就不要鲁蛮行事。花时间评估问题的严重程度是值得的。而且，虽然你想救孩子的心情可以理解，但要准确判断这对于你有多大的危险性：只有你安全而且健康，才能更好地进行救助。

心肺复苏

　　所有的父母亲都应从专业人员所教的急救课程中学会心肺复苏方法。如果你曾经有一个宝宝死于婴儿猝死综合征，或有一个存在猝死危险的宝宝，你必须知道如果监视器显示你的宝宝停止呼吸时应怎么做。

　　在你开始进行心肺复苏前应检查是否有必要：你的宝宝是否只是处于深睡眠状态或发生了惊厥。叫他，轻轻摇他，捏他的皮肤。然后喊求救或去打电话。

　　记住ABC三个要素（A指气道airway、B指呼吸breathing、C指循环circulation）。畅通宝宝的气道，然后观察他是否有呼吸。如果没有，开始人工呼吸。缺氧会造成他的心跳减慢并停止。如果他没有脉搏或者很微弱，你必须按压他的胸部，驱使血液通过心脏，恢复循环。

气道

1 张开宝宝的嘴查看，清除你能看见的任何堵塞物。小心不要把东西推得更深。

2 一只手指放在他的下巴，将他的头轻微往后倾斜。这样可以打开通往肺的气道。

呼吸

　　看他的胸部是否起伏。将你的面颊对着他的嘴和鼻感觉气息。如果你什么也没看到或感觉到，就检查他的脉搏，然后开始人工呼吸。

循环

　　用两个手指放在手臂内侧肌肉处感觉脉搏。轻轻往骨头压进，持续2-3秒钟。如果你感觉不到脉搏，或如果脉搏很弱或缓慢（少于每分钟60次），开始胸部按压。

　　如果宝宝在呼吸且有脉搏，像第97页那样将他抱在手臂里一摇。打电话叫救护车。

6

人工呼吸

如果你的宝宝没有呼吸但有良好的脉搏，可以单纯进行人工呼吸。让帮手去叫救护车。

1 你的嘴盖住宝宝的嘴和鼻呼气（不要吹气，只要呼出就行）。

2 当胸部升起时，停止，让胸部下降，然后重复。每三秒钟呼吸一次；每10次呼吸后检查他是否仍有脉搏。

3 如果进行人工呼吸一分钟后仍只有你一个人，打电话叫救护车（把宝宝带到电话边）。继续人工呼吸直到救护车到达。

胸部按压

如果你的宝宝没有脉搏或脉搏很弱，就进行胸部按压。让帮手去叫救护车。

1 将两只手指尖放在宝宝的胸部的乳头下方距离乳头一个手指宽度的位置。

2 将宝宝的胸部往下压2cm。每分钟压100次，即3秒钟5次。

3 每次下压后放松，但手指仍要放在宝宝的胸部。

对不省人事的宝宝的急救程序

如果宝宝没有呼吸和脉搏，进行人工呼吸加胸部按压。

1 进行5次人工呼吸（见上文）。检查脉搏。

2 进行5次胸部按压（见上文），接着进行一次人工呼吸。

3 重复5次胸部按压，一次人工呼吸，检查脉搏，持续一分钟（20轮）。

4 如果你仍是一个人，打电话叫救护车（将宝宝带到电话边）。继续循环进行5次胸部按压、一次人工呼吸、检查脉搏，直到救护车到达。

6

异物

　　当大人想用手指将孩子鼻子或耳朵里的异物取出时，常常将其推得更深。如果你觉得自己无法取出异物，就带孩子上医院。在你的宝宝会说话之前，他还不会告诉你他干了什么；如果你注意到他的耳朵、鼻子或阴道里排出难闻的气味，就要怀疑有异物存在。

耳朵里的昆虫

1 用毛巾裹住宝宝并侧躺着，让患耳朝上。

2 用另一条毛巾盖住他的肩膀，然后往他的耳朵里轻轻倒入一点微温的水或油。昆虫就会浮出表面。

眼睛里的漂浮物

1 鼓励孩子眨眼或哭。如果还不能排出异物，让宝宝坐在光线充足的地方，轻轻撑开他的眼皮。

2 如果你能看见在眼白上的小粒，就用无绒毛的布的潮湿的一角将其挑出。

3 如果挑不出来，或者小粒是在虹膜上，将凉开水从眼内眦倒入将其冲出。如果一个小时后眼睛发红且疼痛，就要上医院。

刺

1 用肥皂和水洗净患处。用明火消毒镊子，等其冷却。

2 尽量靠近皮肤镊住刺，并顺着扎进去的方向将其拔出。

3 再洗一遍。如果你的宝宝没有接种过破伤风疫苗，打电话向医生求助。

何时上医院

■ 如果宝宝的鼻子塞进了异物。

■ 如果宝宝的阴道里塞进了异物。

■ 如果你无法将耳朵里的昆虫漂浮上来，或将眼睛里的异物冲洗出来。

■ 如果异物刺进了眼睛，应覆上纱布并缠上绷带。

咬伤和刺蜇

多数虫咬和刺蜇只需稍作治疗。对于严重一些的病例，如果你知道是被什么东西咬或蜇的，以及是否接种过破伤风疫苗，将有助于医生的治疗。如果你生活的地方存在狂犬病，你的宝宝被狗、猫、浣熊、臭鼬或蝙蝠咬伤，就要寻找治疗：必须在被咬后24小时之内接种疫苗才有效。如果你宝宝转为休克，见第104页；如果你无法止血，见第102页。

昆虫刺蜇

1 如果刺还留在皮肤上（蜜蜂会留下刺，黄蜂不会），用镊子将其拔出来（见上页）。

2 将患处用肥皂和水洗净，然后冷敷10分钟以消肿。

蛇咬

1 将受伤处保持在宝宝心脏水平以下，帮他坐下或躺下。尽量让他平静。

2 如果可能，打电话叫救护车。如果不能，有必要的话用夹板（见第106页）固定患肢，以最快速度赶到医院。

3 不要试图吸出毒液，切开伤口让毒液流出或用止血带，除非有医务人员的指导。

被海洋生物刺蜇

1 如果你的宝宝踩在了一只海洋生物上，脚上扎进了刺，用热水（尽可能热，只要他能忍受）泡脚半小时。如果有刺留在里面，或脚肿起来，要带他上医院。

2 如果他被水母所蜇，在患处撒上滑石粉或涂上小苏打。这样可以分离水母细胞。

动物咬伤

1 用肥皂水清洗伤口。在水龙头下冲10分钟。

2 用无绒毛的布拍干，盖上消毒敷料。

出血

　　即使是小伤口也会流很多血，所以要充分考虑伤口大小；伤口是否脏或被污染；你的孩子是否只是因为见到血而难过或真的感到痛苦（而且可能晕倒或进入休克状态）。

割伤和擦伤

1　让你的宝宝坐下或躺下，用棉拭子蘸温水清洗伤口。

2　用一块干净的纱布压在伤口上止血。血止后，在伤口上涂上药膏。

更严重的出血

1　用一块干净的布、毛巾或你的手给伤口加压，同时将患处抬高到宝宝心脏水平之上。

2　压住伤口至少10分钟；如果血渗出布，不要把它移开，而是在上面另加一块。

3　当出血控制后，用绷带包扎伤口并托住，然后送孩子去医院。如果流血不止，见下面。

大量出血

　　若加压后出血仍不止，或血液涌出则需要紧急治疗，打电话叫救护车。

1　对伤口加压，像上面那样将伤口抬到宝宝心脏水平之上。

2　让他躺下并抬高他的腿，松开他的衣服，且使其保持温暖，像处理休克那样（见第104页）。不要试图用止血带。

鼻出血

1　让宝宝坐下，头向前伸，用你的拇指和食指在鼻骨下方捏住他的鼻孔。

2　10分钟后放松。如果出血已止，用湿药棉擦拭鼻子底部和口周。不要将药棉伸进鼻孔里面。

3　如果出血仍不止，再捏10分钟。

4　检查是否止血；如果还在流血，再捏。

5　如果宝宝流鼻血超过30分钟，送他上医院。

哽塞

　　如果孩子剧烈咳嗽、呼吸困难或者脸色发紫，则孩子可能被哽塞。处理孩子哽塞，要坚持不懈。阻塞物可能变小，而且如果孩子累得失去知觉，气道周围的肌肉可能松弛，这就使阻塞物较容易移出。

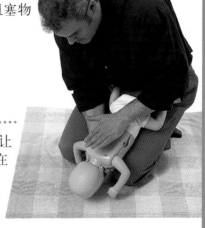

对于宝宝

1 让宝宝面朝下躺在你的前臂上，让他的头比躯干低。将他的下巴托在你的拇指和食指之间。

2 你的另一只手用力在宝宝的肩胛骨之间拍打5次。

3 如果不能排出阻塞物，把宝宝转过来，背部躺在你的前臂，他的头仍要比躯干低。

4 两指尖按在宝宝胸部正中，一只手指位于乳线下方。用力下压5次，深度要达2.5cm。5秒钟按压5次。

5 检查宝宝的嘴里是否有阻塞物。如果能看见，用手指钩出来。如果看不见，叫救护车。

6 重复这个顺序：拍背5次，压胸5次，检查口腔直到可以看见阻塞物或救护车到达。

对较大的孩子

　　对于较大的孩子程序基本是一样的，但不能用手臂支撑着，而是让他躺在你的膝上拍背。把他转过来，支撑着他的背部按压胸部。检查他的口腔。重复。

惊厥

　　发热或感染可能引起小孩子的惊厥。如果你的宝宝发热、出汗、拳头紧握而且背成弓形，要怀疑是热性惊厥。若口周有泡沫而且僵硬、急促地抽动，则可能是癫痫发作的征象。将宝宝周围的东西清理干净，让他不会伤害到自己，但是不要去限制他。

热性惊厥

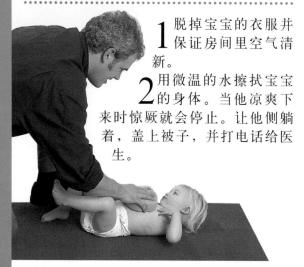

1 脱掉宝宝的衣服并保证房间里空气清新。

2 用微温的水擦拭宝宝的身体。当他凉爽下来时惊厥就会停止。让他侧躺着，盖上被子，并打电话给医生。

癫痫

1 用毛巾或垫子支撑宝宝的头。让他的头侧着，这样他就不会吞下舌头，而且粘液、泡沫都可以流出来。

2 当惊厥发作过去后，如果他有知觉或睡着了，或者失去知觉但脉搏良好而且有呼吸，将他抱着，像第97页那样，并打电话给医生。如果他不省人事，开始心肺复苏（见第98－99页）。

休克

　　烧伤或严重的流血可能造成孩子休克。不要给他吃或喝任何东西；如果他渴，用水弄湿他的嘴唇。变应（过敏）性休克是对咬伤或蜇伤、食物或药物的反应。休克可能造成呼吸困难。休克发生时应解开衣服，打电话叫救护车，并将他置于有助于呼吸的体位上。

对付休克

1 让宝宝躺在地板上，抬高他的腿，让血液流向大脑；把他的头侧向一边。

2 打电话叫救护车。当你等待时，试着处理创伤，以控制休克。

3 解开他的衣服。用毯子或大衣盖着身体以便保暖。

烧伤

如果你的孩子被烫伤，要迅速处理，以减小对皮肤和深层组织的损伤；化学性烧伤发展较慢，这让你更有时间处理。如果他的衣服着火，用大衣、毯子或床单将其扑灭。

烫伤

1 如果是局部烫伤，用冷水冲至少10分钟（不要将宝宝浸入冷水中——这样他会太冷）。

2 移开没有粘在烫伤处的衣服；剪掉任何粘在伤口的东西。如果宝宝还觉得疼，再冷却一下，但不要碰烧伤处，也可以用冰敷。

3 用一块干净的、无绒毛的布轻轻地盖在烧伤处。不要加任何其他东西。

4 送孩子上医院。观察是否有休克征象（见上页）。如果他失去知觉，开始心肺复苏（见第98－99页）。

电烧伤

1 切断电源。如果你不能切断电源，用一个干的、非金属的东西（扫帚、垫子、报纸）将宝宝移离电源。

2 如果他有知觉，估计烧伤的程度；如果是局限性的，像烫伤那样处理。如果他失去知觉，开始心肺复苏（见第98－99页）。

化学性烧伤

1 剪开任何受污染的衣服（不要试图从他的头上脱下来）。

2 用充足的凉水冲洗烧伤处。

3 如果宝宝呼吸困难，打电话叫救护车。

4 用一块干净的、无绒毛的布盖住烧伤处，并送医院。

眼睛里的化学药品

1 将宝宝抱到水槽边，未受伤的眼睛朝上，用凉水冲洗患眼。要避免宝宝接触或揉眼睛，并防止污染的水溅到他的皮肤或另一只眼睛。

2 用消毒的敷料盖住两眼，送宝宝去医院。

骨折和扭伤

　　所有的宝宝在他们学坐时都会翻倒，学走路时会摔倒，学着跑时会绊倒。他们也会撞到东西。扭伤的最好疗法是用冰裹或冷敷受伤处以消肿，然后用绷带包扎固定。绝不要轻视扭伤。如果你有任何疑问，打电话给医生或送孩子上医院。

肢体骨折

　　用夹板固定或托住患肢以减少移动和疼痛。在患肢和身体其他部位之间接触处要有一个"软垫"（卷起的毛巾、T恤、小垫子）垫着。

手臂或手腕

1 用三角绷带或折叠的方巾做成吊带（见第110页）。

2 如果你没有，或不能临时准备三角绷带，将宝宝的外衣、羊毛衫或套头衫的袖子固定在他对侧的胸上。送孩子去医院。

锁骨

1 将患侧的手臂悬挂在对侧肩膀上；支撑着肘部。

2 用三角绷带制成吊带（见第110页）。将上臂用绷带绑在身上。送孩子上医院。

肘

1 将受伤的手臂跨在身体上，但不要尝试弯曲肘部。用夹板将上臂夹在胸前，手腕夹在腰上。

2 打电话叫救护车。

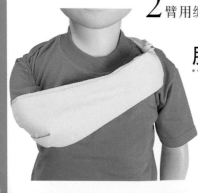

膝

1 在受伤的膝部下方垫一块软垫，如用卷起的毛巾或T恤。

2 用绷带包扎患膝。不要试图伸直膝盖。打电话叫救护车。

头部受伤

头部受伤的宝宝可能有知觉、无知觉或者可能很快地从一种状态转为另一种状态。持续监护是必需的。

宝宝还有知觉：

1 处理伤口（见出血，第102页）。冷敷肿块。

2 密切观察宝宝情况恶化的征象：视物模糊、失去知觉、嗜睡、精神混乱、呼吸缓慢、瞳孔不等大、体温上升。如果发生以上任何情况，打电话叫救护车。

宝宝失去知觉，但很快又恢复知觉：

1 打电话给医生。当你处理伤口时要让他休息。

2 密切观察。如果30分钟后他仍神志不清，打电话叫救护车。

宝宝失去知觉：

开始心肺复苏（见第98－99页）。

脚

1 抬高并托住受伤的脚。用冰袋消肿和缓解疼痛。

2 送孩子上医院。

腿或骨盆

1 多用些垫子（卷起的毛巾或毯子）垫在伤腿的两侧。如果他冷，给他盖上毯子。打电话叫救护车。

2 在医务人员的指导下（通常是当救护车要20分钟后才能到达时），将两腿在脚踝处和足部用窄绷带8字形捆绑在一起。用一条宽的绷带将两膝盖捆起来，用另一条在受伤处上方包扎（如果骨盆损伤，只要捆住膝盖）。捆绑时应在未受伤的腿上打结。

背部和颈部损伤

1 如果宝宝有知觉：打电话叫救护车。背部或颈部受伤的宝宝只有当他在原地有危险时才能移动他。

2 如果失去知觉，进行心肺复苏（见第98－99页），进行时要确保头和脊柱呈一直线。

6

淹溺

你应首先把宝宝抱出水，保持他的头低于身体，以利于水排出。即使他没有失去知觉，或很快苏醒，也要将他送往医院以消除可能的肺部损伤。

1 按照第98－99页的程序处理。如果他有呼吸和脉搏，脱掉他的湿衣服，并用毯子、大衣或干毛巾裹住他。让他的头低于身体，摇晃他，同时打电话叫救护车。

2 如果他失去知觉，开始心肺复苏（见第98－99页），同时让其他人打电话叫救护车。

何时救助

如果你看见一个孩子在水里挣扎，喊救命，应该立即采取措施给予救助。

窒息

在以下情况宝宝可能窒息：气道（口、鼻）阻塞；压在腹部或胸部上的重物抑制了呼吸；或在烟雾中呼吸。

气道阻塞

1 移开任何阻塞物，如盖在脸上的塑料袋，或将他从俯卧位抱起。

2 检查气道、呼吸和循环（见第98－99页）。如果他有呼吸和脉搏，如第97页所示抱着他摇一摇，并打电话叫救护车。

勒住

1 解除绳索：如果他被吊在上面，在你解除绳索的同时要托住他的身体。如果你解不开，就剪掉它。

2 如果你的宝宝有知觉，打电话向医生求助。如果他失去知觉，开始心肺复苏（见第98－99页）。

中毒

中毒是指吞下、吸入或接触到任何对身体有害的物质。如果你知道或怀疑你的孩子接触到有毒的东西（植物、化学制剂、药物、酒精），要打电话给医生或叫救护车。不要尝试诱导他呕吐，除非在医生的特殊指导下，要告诉医生宝宝的年龄、体重，如果你知道的话，要说出他吃了什么及多少量。

酒精

1 如果孩子呕吐，尽可能保留吐出物以备检验。

2 如果孩子睡着了，要确定他能被唤醒，在附近放一只碗，万一他想吐时可以用上。

3 如果他失去知觉，开始心肺复苏（见第98－99页）。

化学制剂

1 擦去宝宝口唇和下巴上残留的痕迹。脱去受污染的衣服。

2 给他喝几口凉水，但不要让他喝得太多，除非医生建议你这么做（呕吐对身体的害处多于好处）。

3 如果他失去知觉，开始心肺复苏（见第98－99页）。

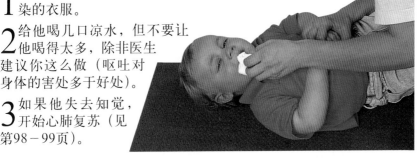

药物

1 如果孩子呕吐，保留吐出物以备检验。

2 如果他失去知觉，开始心肺复苏（见第98－99页）。

植物

1 托起宝宝的下巴，检查他的嘴，取出任何你所看见的东西。

2 如果孩子呕吐，将呕吐物留起来以备检验。

有毒烟气

1 把宝宝抱到有新鲜的空气的地方。

2 检查他的气道、呼吸和循环（见第98－99页）。如果他有呼吸和脉搏，如第97页所示抱着他摇一摇，并打电话叫救护车。

急救用品

　　你可以从药房买一套急救用品，但这些用品并不足以应付每一种紧急情况。急救用品最好应在你的车里和家里各准备一套。用具使用后应及时放回原处。扑热息痛口服液等药品要分开放置（对于4个月以下的宝宝，用药要在医生的指导下进行）。

必需品

- ■蝶形皮肤胶合带
- ■各种防水膏药
- ■炉甘石洗剂
- ■纱布棉签
- ■弹性绉纱绷带（大的和小的）
- ■消毒液
- ■手指绷带
- ■无菌敷料
- ■大三角绷带
- ■带绷带的眼垫
- ■低变应原的带子
- ■安全别针
- ■剪刀
- ■镊子

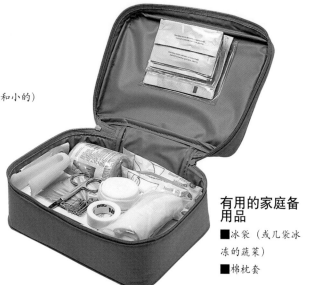

有用的家庭备用品

- ■冰袋（或几袋冰冻的蔬菜）
- ■棉枕套

制作悬带

1 将三角绷带盖在孩子的手臂上，让长边在孩子受伤的一侧，一端在肩膀处固定住。

2 在受伤的手臂下面折起长边。

3 将另一端绕过宝宝的背，在肩上打结。将多余的部分折到肘部，别在绷带上。

制作臂吊带

1 将三角绷带放在受伤的手臂下，长边靠孩子的未受伤侧。

2 一端绕过伤侧的脖子。

3 将绷带下面的一端拉到他的肩膀，在肩上打结。多余的部分折到肘部，别在绷带上。

有用的电话号码

　　本页可以记录有用的名字和电话号码，以及任何与宝宝病史有关的、要传递给医生的资料。你也需要提供宝宝的体重，所以要定期给他称体重（每两周一次，6个月后每月一次）。

急救服务 （中国大陆地区医疗急救电话为120）

医生

牙科医生

本地药店

工作单位电话

保姆

托儿所中心工作人员

祖父母

朋友/邻居

病史

血型

已知变应原（过敏原）

抗生素反应

6

原著编辑人员

Consultant Editor Gila leiter , M . D .

Project Editor Anne Howard

Designer Vicky Holmes

Managing Editor Lindsay McTeague

Editorial Director Sophie Collins

Art Director Sean Keogh

Editorial Co-ordinator Becca Clunes

DTP Editor Lesley Gilbert

Production Nikki Ingram

鸣 谢

The author and the publishers gratefully acknowledge the invaluable contributions made by Laura Wickenden who took all the photographs in this book except:

pp. 5, 10, 11, 14, 15, 28, 29, 33, 36, 38, 39 Andrew Sydenham

p. 31 Don Wood / Robert Harding Picture Library

p. 56 Early Learning Centre

p. 57 (top, centre top and centre bottom) Early Learning Centre

p. 69 Iain Bagwell

p. 71 Silver Cross

p. 75 (centre left) Early Learning Centre

The illustrations were produced by:
 Kuo Kang Chen

The author and publishers would also like to thank:
Mark McGee / St John Ambulance